悪魔公爵
と
愛玩仔猫

悪《あく》魔《ま》公《こう》爵《しゃく》と愛《あい》玩《がん》仔《こ》猫《ねこ》

妃《ひめ》川《かわ》 螢《ほたる》
ILLUSTRATION：古《ふる》澤《さわ》エノ

悪魔公爵と愛玩仔猫

LYNX ROMANCE

CONTENTS

悪魔公爵と愛玩仔猫

彼方《かなた》に臨むとんがった黒い山並みと、常に月の浮かぶ藍色《あいいろ》の空。

凍《い》てつく氷の森と赤い血の沸き立つ泉、ドクロの砂漠。

人間界とは次元を別にする、ここは悪魔界。

人間の想像力が生み出した、実にわかりやすい魔界の風景そのままに、コウモリの舞う空はときに赤く染まり、ときに雷光を轟《とどろ》かせる。

そんな悪魔界の中心地に、堂々たる姿でそびえる館《やかた》がひとつ。

貴族と呼ばれる上級悪魔の館の証《あかし》である高い塔には、次期大魔王の呼び声も高い、公爵位を持つ美しい悪魔が棲《す》むという。


人の時間では計れぬ世界の、荒唐《こうとう》無稽《むけい》な物語はいかが？

1

銀色の森には、魔界のエネルギーが満ちている。満月の夜ともなれば、それは増幅して、森に棲まう魔獣たちのみならず、森の外からも魔の力を宿す者たちを呼び込む。

狩りには最適の夜だ。

獲物に困らない上、得られるエネルギーも常より多い。

エネルギーに満ちた魔獣たちは、甘露がごときうまみを持つ。

森の深い場所で、またひとつ断末魔の悲鳴があがった。同時に魔のエネルギーが放出される光も。

それがやがて小さくなって、森はまた何事もなかったかのように静けさを取り戻す。

光の中心にいたのは、大きな狼《おおかみ》だった。銀色に輝く毛並みを持つ、巨大な魔獣だが、その正体は貴族と呼ばれる上級悪魔のなかでも、ことさら高位の公爵位を持つ大悪魔だ。

クライド・ライヒヴァイン公爵は、満月の夜になると、こうしてひとり深い森にわけ入って、羽根をのばす。存分に狩りを楽しんで、そして狼の姿のまま湖畔《こはん》でまどろんで、のんびりと優雅な時間をすごすのだ。

上級悪魔のなかでも公爵ともなれば、魔界においても面倒《めんどう》ごとがついてまわる。魔界にも人間界でいうところの社交界に近いものがあって、悪魔同士のつきあいにも駆け引きがあるのだ。

とはいえ、多くの悪魔たちは、わざわざ自分より高位の力の強い者に喧嘩《けんか》を売ったりはしない。くだらない諍《いさか》いは、おうおうにして下位の者たちの間で起こる。

だから、一見して静まり返っているかに見える森のなかでも、攻防は繰り返されている。魔獣たちは食物連鎖に則《のっと》って生き、狩る者と狩られる者との間には、歴然とした差がある。

つまりクライドは、狩る者のほぼ頂点にあるといっていい存在、というわけだ。

月の光をうつしとる鏡の湖畔、プラチナに輝く下生えに銀色の軀《からだ》を投げ出して、組んだ前脚に顔を伏せる。長い尾を巻いて、目を閉じる。

今宵《こよい》は大型の魔獣を狩ったから、腹は膨れているし、満月のエネルギーも澄んでいて心地《ここち》好《よ》い。立場上、なかなかこの姿でくつろぐことを許されないクライドにとって、森ですごす時間はひじょうに意味のあるものだった。

だから、たとえ何者であろうとも、邪魔は許さない。それが手がかかるがゆえに可愛《かわい》がっている末弟であろうとも、クライドは有無をいわさず、一刀両断切って捨てることだろう。

森は静かだ。そこらじゅうで食う者と食われる者との攻防が行われているけれど、そんな気配すらも吸い取ってしまうのが銀の森の持つ力だ。

月のエネルギーを受けながら朝まで眠って、充分に鋭気を養おう。

いつもどおりの満月の夜をすごすつもりでいたクライドだったが、それはこの直後に、予期せぬ者の闖入《ちんにゅう》によって邪魔されることとなった。

森の端の方側から、ザザザザザ……ッと下生えをかき分ける音がして、クライドはのっそりと顔を上げた。

何事か…と、眉間《みけん》に皺《しわ》を寄せる。ふぁさり…と長い尾をゆらして、気配を探る。

小さな者が大きな者に追われている様子。狩りならほかでやれ…と、クライドは眼光を鋭くさせる。

事実、ほかの魔の者たちは、クライドの気配を察して、あえて周囲に近寄らないようにしている。

それほど貴族の威光は強いものなのだ。

だというのに、その暗黙の了解に習わない者が存在するとは……。

今宵はすでに満腹だが、目の前に現れた瞬間に食ってくれる。

そんなことを考えながらも悠然と、クライドは湖畔に軀を横たえたまま、騒々しさの元が姿を現すのを待った。

下生えをかき分け必死に駆ける気配は、まっすぐにこちらに向かってくる。追われているほうも、追っているほうも、茂みから飛び出してきたところをひと呑《の》みで終わりだ。

どうやら、後ろは森の掃除屋と異名をとる肉食大青虫のようだが、前は……。

――猫？

だが、凜《りん》としたたたずまいが特徴の黒猫族にしては気配が煩雑だし、なにより幼い。

黒猫族は執事として上級悪魔に仕えるのを生業とする一族だ。成人するまでは一族のなかで厳しく育てられる。ゆえに、未熟な気配の持ち主が、単身森に入るようなことなど考えられないのだ。――が、クライドが気配を読み間違えるはずもない。

いったいどうしたことかと、興味をそそられたタイミングで、それは茂みから飛び出してきた。

「みゃみゃみゃみゃみゃみゃぁあぁあぁあぁっ！」

半泣きの仔猫《こねこ》が、必死の形相で一目散に駆けてくる。

「助けてえぇぇぇっ！」

口を開けてひと呑み…と思っていたクライドだったが、そのあまりにも思いがけない光景に唖然《あぜん》とするあまり、仔猫の突進をまともに顔に食らってしまった。

「……っ！　無礼な……っ」

食ってやる！　と怒りを爆発させる前に、必死の鳴き声に遮られる。

「助けてください狼さんっ、食べられちゃうよぉっ」

うわぁぁぁん！　と、泣きながらしがみついてくる。ぐりぐりと額を押しつけてくる仔猫をひっぺがし、クライドは茂みから襲いかかってきた肉食大青虫を、大きな前脚の一撃で撃退した。

「ぎゃあぁぁぁぁっ！」

鋭い爪《つめ》に引き裂かれて、断末魔の叫びとともに肉食大青虫は微塵《みじん》と消える。

ざわめいていた森の気配は、すぐにまた静かになって、少しだけ角度を変えた月の光が湖畔に降り注ぐ。

「くだらんものを狩ってしまった」

嫌なものに触れたと、前脚をひとふりして、再び寝の態勢に入ろうとしたクライドは、それに気づいて首を巡らせた。

狼姿のクライドの首の毛に頭をつっこんだ恰好《かっこう》で、ガタガタと震える仔猫。ぴんっと立ったままのしっぽの毛は逆立って、肉食大青虫が撃退されたことに気づいていない様子だ。

黒猫族の子どもなら、食ってしまうわけにもいかない。面倒な…と思いつつ、しっぽを掴《つか》んで引きずり出すと、間違いなく黒猫族の子どもだった。

だが、額に綺麗《きれい》に浮き出た星形の銀毛があるのを見て、首を傾《かし》げる。額に美しい模様がでるのは、黒猫族のなかでもとくに能力値が高い証拠のはずなのだが……。

——こんな子どもが？

頭を抱えてガタガタと震えていた仔猫は、状況が変わっていることにようやく気づいたのか、おそるおそるといった様子で片目を開ける。エメラルド色の、大きな瞳《ひとみ》だった。

「あれ……？」

きょとり…と目を見開いて、きょろきょろと周囲をうかがう。そうしてやっと、危険が去ったことに気づいたらしい、ヘナヘナとその場にくずおれた。

「た、助かった……」

よかったぁ…と、ヘタリ込む仔猫に、クライドは眉間の皺を深める。そして、仔猫の小さな頭に顔を寄せた。巨大な狼姿のクライドと比べたら、仔猫は鼻先ほどのサイズしかない。

「喜ぶのは早いぞ」

銀の瞳に間近に見据えられて、仔猫はエメラルドの瞳をぱちくりさせる。

「……へ？」

まるでわかっていない顔の仔猫に、クライドは多少苛立《いらだ》ちながらも、嚙《か》んで含めるように言った。

「この私《わたし》の顔面に突進した罪、どう償うつもりだ？」

そのときになってようやく、自分が助けを求めた相手が、ただの魔獣ではないことに、仔猫は気づいた様子だった。

クライドの首元に下げられた、血赤の大きな石を見て、サーッと青褪《あおざ》める。

「……貴族……」

胸元を飾る宝石は貴族の証だ。位やその能力によって種類も色も大きさも変わる。華美な装飾が許されるのは、上級悪魔のみだ。

「えっとぉ……」

たらり…と、冷や汗を滴らせて、仔猫があとずさる。

「ご、ごめんなさいっ！」

猛ダッシュで逃げようとした小さな軀を、クライドは大きな前脚でぺしゃり…と、押さえ込んだ。

「ふぎゃっ」

他愛もない。

「いい度胸だ」

凄《すご》まれて、仔猫は震え上がった。

「ご…ご…ごめんな、さ……」

許して…と、掠《かす》れた声でなされた懇願を、クライドは「許さん」と一刀両断する。

「私の眠りを妨げた罪は重い。その身で償うがいい」

「その身って……」

ますます蒼白《そうはく》になって、仔猫は潤んだ瞳をあげる。嗜虐心《しぎゃくしん》をくすぐる姿に、クライドはニンマリと口角を上げた。

「ぼ、ボク、ガリガリだから食べても美味《おい》しくないですっ、力も弱くて落ちこぼれだから、エネルギーの足しにも……、わぁっ！」

仔猫の首根っこを咥《くわ》えて、のっそりと軀を起こす。

「おとなしくしていろ」

舌を嚙むぞと、言うやいなや、クライドは跳躍した。

銀色の大きな狼は、広大な銀の森を数駆けで飛び越え、剣のような山をもあっという間に越える。

大きく赤い月の真下に、高い塔をいただく荘厳な館。

その塔が目に入った、と思った瞬間には、大きな銀色狼の姿は、塔の小さなアーチ窓に吸い込まれるように消えていた。


いらぬ情けをかけてしまった……と、クライド・ライヒヴァイン公爵は、額に手をやりつつ、渋い顔でらしくないため息をつく。

森から連れ帰った仔猫が、胸にしがみつく恰好で、えぐえぐと泣きじゃくっているのだ。クライドの正体を知ってなおこの態度なのだから呆《あき》れる。

ひっぺがそうにも、長衣に小さな爪をたてて必死にしがみついていて離れない。仔猫の姿ゆえに、あまり無体にするのは、さすがのクライドも気が咎《とが》める。

「ボク、落ちこぼれで、出来が悪くて、執事にはなれないって言われて……役立たずなボクなんか魔獣に食われてしまえばいいって思って森に入ったんです。でもいざとなったら怖くて、必死に逃げて、もうダメかと思って……」

うえぇぇぇんっ！　と泣き叫んで、額を擦《こす》りつけてくる。

森で肉食大青虫に襲われた恐怖もだが、クライドに咥えられて大空を駆けたことで目を回し、わけのわからぬうちに上級悪魔の館に連れて来られたことも、パニックの要因らしい。

額の星模様を見て、黒猫族なら使えるだろうと連れ帰ったのだが、大きな誤算だった。優秀な黒猫族にもたまに生まれると聞く、出来損ないを拾ってしまうとは。

ではあの額の模様はなんだ？　たまたまあんなに綺麗に銀毛がかたちをなすことがあるのだろうか。そんな事例は聞いたことがない。

梟《フクロウ》木菟《ミミズク》族の老執事に、少しでも楽をさせてやろうと思ったのに、よけいな仕事を増やす結果になってしまいそうだ。

「いいかげん泣きやめ」

うざったさを隠そうともせず胸元に声を落とす。

ビクリ…と小さな軀をふるわせて、仔猫は涙に潤んだエメラルドの瞳で見上げた。そして、ひくっと喉《のど》を喘《あえ》がせる。

「己を卑下する言葉を口にするのはやめよ。みっともない」

潤んだ瞳に嗜虐心をくすぐられるあまり、ついきついことを言って、ますます泣かせてしまう。

「公爵さまにボクの気持ちなんてわかりませんっ、ううう……っ」

小さな額でぐりぐりされたところで痛くも痒《かゆ》くもないのだが、涙と鼻水で黒衣が汚れるのは勘弁してほしい。

首根っこを摑んで摘《つま》み上げる。

しがみつく爪の力も抜けて、ぷらんっと四肢を投げ出した仔猫は、不服げな瞳でクライドを見た。

貴族相手にこの態度とは、なかなか腹が据わっている。それともなにも考えていないだけだろうか。

森では青くなっていたから、後者かもしれない。

ぐ〜〜っ、きゅるるるるっ。

仔猫をソファに放《ほう》ろうとしたところで、盛大に腹の虫が鳴った。当然のことながら、クライドのものではない。

「……」

目をすがめると、

「……すみません」

仔猫はしゅんっと肩を落とし、耳をぺしゃんっと伏せる。

まったく、なぜ自分はこんな面倒なものを拾ってしまったのかと、長嘆を吐き出して、それでもクライドはテーブルの中央に置きっぱなしにしてあったものを引き寄せた。指先で指示を出すと、大きな皿がするすると移動してくる。

大皿の上には、丸いリング上の、ふかふかしたものが積み上がっていた。白い粉をまとっている。

その皿の前にぽいっと仔猫を放って、「食え」とひと言。本当は、人間界の食べ物が好きな弟悪魔への土産として持ち帰ったものだが、まぁいいだろう。

「これはなんですか？」

はじめて見る食べ物を前に、仔猫はエメラルドの瞳をパチクリ。鼻をひくひくさせ、ヒゲをふるわせる。

「人間界のドーナツという、甘い菓子だ」

「お菓子!?」

どうやら甘いものが好きらしい仔猫は、ぱぁっ！　と顔を綻《ほころ》ばせる。ゴクリ…と唾《つば》を飲み込んだかと思ったら、空腹に耐えかねたようにドーナツに食らいついた。

「美味しい～！」

ひと口ほおばって、目をキラキラさせる。そして、勢いよくドーナツの山に顔をつっこんだ。

口のまわりを粉砂糖まみれにして、ガツガツとドーナツを食らう。

この小さな躯のいったいどこに入っていくのか、天井に届くかに山積みだったシュガードーナツが、見る間に減っていく。

その過程で、クライドはそれに気づいた。

仔猫の姿が、人型をとりはじめたのだ。

いっぺんに変化が解けるのではなく、徐々に解けて、やがて猫耳としっぽだけを残した少年の姿になる。

やわらかそうな黒髪に白い肌、風を起こしそうなほど長い睫《まつげ》毛に縁取られたエメラルドの瞳は零《こぼ》れ落ちんばかりに大きい。

華奢《きゃしゃ》な体躯《たいく》と丸みを帯びた相貌《そうぼう》はまだ子どもに見えるが、悪魔界にあっては成人でもおかしくはない。

執事になれないと言われたというのだから、黒猫族の成人の儀式は終えているか、近いうちに迎えるかのどちらかだろう。

だが、なかみはまだまだ子どものようだ。

テーブルの端に身体が乗りきらなくなって、クライドの膝《ひざ》に横座りの状態で、なおもドーナツに夢

中の様子。両手にドーナツを摑み、大きな口を開けて実に美味《うま》そうにほおばる。

弟悪魔が好物のバウムクーヘンをほおばる姿を重ねて、クライドは口元に微苦笑を刻んだ。

ドーナツがすっかり空になったころには、最後まで残っていた猫耳としっぽも消えて、少年は完全な人型をなした。

「これがそなたの本来の姿か」

膝の上の華奢な身体を片腕で支えながら、クライドは口のまわりを粉砂糖まみれにした少年の顔をうかがう。

「……へ？　……あ！」

いつの間に…と、少年はあわてた様子で、クライドの膝から飛び降りようとして、しかしあわてるあまり、クライドの長衣に足をひっかけて、顔面から床に落ちてしまう。

「いったぁ……」

額を押さえて、なさけない声を上げる。いかに子どもといえども、こんな黒猫族を、クライドは見たことがない。何かの間違いではないのか？

「粗忽《そこつ》者が」

それでは執事になどなれるはずがない、と呆れると、少年はしゅうん…と肩を落とし、大きな瞳を曇らせた。

赤くなった額にクライドが指先を走らせると、床にぶつけた赤みが消える。「わぁ……」と驚く様子を見せて、少年はクライドに羨望《せんぼう》の眼差《まなざ》しを向けた。

黒猫族なら、本来この手の治癒能力は高いはずで、だからこそ執事として重宝されるのだが、この様子ではまったく期待できそうにない。

まったく、なぜ自分はこんな面倒なものを拾ってしまったのかと、胸中で幾度目かのため息をついて、クライドは華奢な身体を引き上げた。

魔力によってふわり…と、クライドの膝に戻された少年は、エメラルドの瞳を丸くして、じいっとクライドの双眸《そうぼう》をうかがう。まるで、その真意を見抜こうとするかのように。

その、物怖《ものお》じしない態度が、クライドは気に入った。

「名はなんという？」

そういえば確認していなかったと気づいて尋ねれば、少年は「え？」と呟《つぶや》いて、大きな目を瞬く。

「そなたの名だ」

指先で口のまわりの粉砂糖を払ってやりながら再度問えば、少年はやっと言われていることの意味を理解したかに口を開く。

「ノエル」

なぜか気恥ずかしそうに、名を答えた。

「ではノエル、我が館にとどまることを許そう。そのかわり、執事見習いとして修行に励むこと」

どうだ？　と、クライドが提案を向けると、エメラルドの瞳が怪訝《けげん》に瞬く。ややして、ゆるり…と見開かれた。

「本当ですか!?」

摑みかからんばかりに身を乗り出して、ノエルと名乗った黒猫族の少年悪魔は、鼻先をクライドの顔につきつけて叫ぶ。

「ボク、執事になれるんですか!?」

満面に喜びを浮かべて、ノエルはクライドの銀の瞳を間近にうかがった。

「執事見習い、だ」

間違えるな…と諫《いさ》めても、はたしてちゃんと聞いているのか。

「がんばります！　ありがとうございます、公爵さま！」

万歳しかねない勢いで抱きつかれて、クライドは啞然と目を瞠《みは》る。貴族と呼ばれる上級悪魔に対して、こんな態度をとる黒猫族など、聞いたことがない。――が、ゴロゴロと喉を鳴らさん勢いで懐く姿を見ていると、怒る気力も萎《な》える。

まぁいい、礼儀はおいおい老執事のランバートが仕込んでくれるだろう。

「私のことは名前で呼ぶがいい」

どうでもいい輩《やから》に名を呼ばれるのは我慢ならないが、近しい者に公爵さまなどと呼ばれるのも性に合わない。

「クライド…さま？」

おずおずと、言われたとおりに名を呼んでみせる。気恥ずかしげに。

その様子がいたく気に入ったクライドは、華奢な少年をしげしげと見やって、そして言った。

「まずはその、薄汚れた恰好をどうにかせねばな」

膝の上の痩身《そうしん》を抱き上げておろし、腰を上げる。

「ついてくるがよい」

長衣を翻すと、なかば呆然《ぼうぜん》としていたノエルは、はたと我に返ってあとをついてきた。

「はい！」

とととっと、追いかけてくる。その様子が、仔猫の姿を彷彿《ほうふつ》とさせる。

アテははずれたが、退屈しのぎにはちょうどいいだろう。多少出来が悪いくらいが、ランバートも張り合いがあるに違いない。

風呂《ふろ》に入れて、頭のてっぺんから足の先まで泡まみれにして洗い、自ら選んだ衣装を着せて、艶《つや》を増した黒髪を結い、髪飾りを差してやる。

「ほほう……これはなかなか。さすがはクライドさまのお見立てです」

ひと息ついてはどうかとお茶を届けに来たランバートが、ほくほくと言う。その言葉どおり、クライドの手によって小綺麗にされたノエルは、幼いながらも黒猫族特有の美しさを持つ美少年に姿を変えていた。

「これ、ボク……？」

戸惑い顔のノエルを、クライドは満足げに見やる。

これなら公爵家の下働きとして人前に出しても恥ずかしくはないだろう。小姓として連れ歩いたとしても、美貌で知られる蛇蜥蜴《ヘビトカゲ》族や黒蝶《くろちょう》族にもひけをとらないはずだ。

「ふむ」

なかなか悪くない拾いものをしたかもしれない。

長い時を生きる悪魔は、常に暇を持て余している。「面白《おもしろ》い」などと感じるのも、ずいぶんと久しぶりのことのように思えた。

2

ライヒヴァイン公爵家に執事見習いとしてお仕えすることになって、ノエルは張りきっていた。

全般に優秀だと言われる黒猫族にあって、なにをやってもダメな自分は、皆のように執事になれないと悲観して入った森で、こんな出会いが待っていようとは！

小綺麗な恰好をさせてもらって、美味しいものを食べさせてもらって、ふかふかのベッドまで与えてもらって。

とくにはじめて食べたドーナツという人間界のお菓子は、ノエルの大好物になった。

人間界のものをどれだけ食べても、悪魔にとってはなんのエネルギーの足しにもならないのだが、美味しいものはしかたない。人間というのは、なんて素敵《すてき》なものをつくる生き物なのだろう。

悪魔界と人間界とを自在に行き来できるほどの能力を持たないノエルは、人間界に行ったこともなければ、人間を見たこともないけれど、でもとっても興味深い。

いつか人間界に下りて、できたてのドーナツを食べてみたいなぁ、などと考えながら、ノエルはランバートの言いつけどおり、銀食器を磨いていた。

老執事のランバートは、片眼鏡《かためがね》に銀髪が上品な、梟木菟族のベテランだ。上級悪魔に仕えることを生業とする黒猫族と違い、主《あるじ》と認めない限り謙《へりくだ》ることはないと聞く梟木菟族の重鎮が腰を折っているその事実が、クライドの悪魔界での立場を物語っている。

一度は悲観した人生だけれど、捨てる悪魔あれば拾う悪魔あり、あのとき肉食大青虫の餌《えさ》になどならなくて本当によかった。

「うん！　ぴっかぴか！」

顔が映り込むほどに銀の皿を磨き上げて、すでに磨き終わった皿の上に重ねる。

一見問題のない行動のように思えるが、すでに天井に届きそうなほどに、皿が積みあがっているのが大いに問題だった。その上に、ノエルはぽいっと皿を放り投げたのだ。

狙《ねら》いすましたように皿は軽い音をたてて重なった。実はこうした何げない行動にも、悪魔は魔力を使っているものなのだが、ノエルにその自覚はなく、実に無駄な能力の使い方をしているといっていい。

魔力で皿の塔のバランスをとっていればいいのだが、積み重ねるときにだけ力を使っているのでは意味がない。

バランスを崩した皿の塔がぐらり…と揺れて、ノエルの頭上から大量の皿が降り注ぐ。

「ふみゃぁぁぁぁあっ！」

ガラガラガラ、ガッシャ――――ンッッッ！

ノエルの悲鳴もかき消すほどの騒音をたてて、銀の皿の塔が崩れた。広い館に反響するほどのそれに、ランバートはもちろんクライドも気づかないはずがない。

「どうしました？」

まずはランバートが木菟《ミミズク》の姿で飛んできて、銀の皿の小山のてっぺんに降り立つ。そして、ぽんっ！　と弾《はじ》ける音とともに、いつもの老執事の姿をとった。

「ノエルさん？」

積みあがった皿の一枚を取り上げて、「綺麗に磨けていますね」と、感想を述べる。

そこへ一陣の風が吹き抜けて、黒い旋毛《つむじ》風が人の姿を成す。

「なにごとだ。騒々しい」

渋い顔のクライドが、白く長い指で額を押さえていた。

「ノエル」

いつまで銀の皿の小山に埋もれているつもりだと、低い声が言う。カランッと軽い音をたてて、小山のてっぺんの皿が落ち、そこからぴょこんっ！　と黒いしっぽが覗《のぞ》いた。

クライドが、そのしっぽをむんずと摑む。

「わぁっ！」

ずぼっと銀の皿の小山から引きずり出されたノエルは、黒猫姿かと思いきや、猫耳としっぽを生やしただけの、人型のままだった。

「とっさの事態に変身もできんのか」

呆れた声で言われて、ノエルはしゅうんっと肩を落とした。銀の皿の山に埋もれたまま、顔を出せなかった理由がこれだ。

「銀の森では仔猫の姿をしていたではないか」

「そうなんですけど……」

魔力が弱い上にうまくコントロールできないノエルは、黒猫の姿にすらうまく変化できなくて、いつも中途半端な姿になってしまう。悪魔としてこれほど恥ずかしいことはない。

銀の森でクライドに助けられたときは、命の危険を感じて必死だったからか、ちゃんと仔猫の姿になれていたのだけれど……。

うっすらと額に浮いた星形の痣《あざ》を、クライドが白い指先でつつく。

「――ったく、額の模様は伊達《だて》か」

黒猫族のなかでも、とくに能力値の高い者にだけ現れるという額の模様が、ノエルにはあるのだが、どうやら何かの間違いで授かってしまったもののようなのだ。

「……すみません」

耳をぺしゃり…と伏せると、進み出たランバートが「そう叱《しか》らないであげてください」と、クライドをとりなしてくれた。

「言いつけはちゃんと果たされております」

そう言って、にっこりと鏡のように輝く銀皿を片手に掲げてみせる。そして、使役獣を呼び寄せると、小山となった皿をパントリーの食器棚に片づけるように命じた。

ゼブラ柄のテンたちが、山積みの銀皿を次々と運んでいく。その様子をみて、ノエルは大きな目をさらに大きく見開いた。

「そっかぁ……この子たちって、こんなこともしてくれるんだぁ」

そう言って、一匹に手をのばす。

「危ないですよ。テンは凶暴で……」

ランバートが慌てて忠告を口にしたときには、ノエルは皿を頭にのせたテンに手を伸ばしていた。

牙《きば》を剝《む》きかけたテンが、頭にのせた皿を放り出して、ノエルの首にするすると巻きついてくる。そして、ピンク色の舌でノエルの頰《ほお》をぺろりと舐《な》めた。

「わー、ふかふか」

あったかーい！　と、ノエルは毛足の長い毛皮に頰を埋《うず》める。その様子に目を丸めていたランバートだったが、すぐに「おやおや」と破顔して、ノエルの首に巻きついた一匹の使役令を解いた。

「使役獣を使わずに、全部手で磨いたのか？」

呆れた顔で、クライドがテンとじゃれる猫耳しっぽ姿のノエルを見下ろす。

「執事の仕事のやり方は、学んでいるのではないのか？」

上級悪魔に執事として仕える黒猫族は、魔力で使役獣を操り、館のいっさいを取り仕切る。ゆえに、力の強い者のほうがより完璧《かんぺき》に館を管理できるということになる。

「それは……その……」

教わったことは教わったのですが…と、ノエルは言葉を濁した。首に巻きつくテンの頭を撫《な》でながら、困った顔でクライドを見上げる。

「仲良くはなれるんですけど、みんなボクの言うことを聞いてくれないんです」

凶暴と言われるテンにごろごろと懐かれながら、ノエルは「お友だちにはなってくれるのにね。なんで命令は聞いてくれないんだろう？」とシマシマ模様の細長い軀を撫でた。

「……なに？」

そんな話は聞いたことがないと、クライドが眉間に皺を寄せる。ランバートも、「はて」と思案げに片眼鏡を上げた。

「どういうことだ？」

「どういうって……言葉のままです。羽根兎《はねうさぎ》とかはもちろんですけど、火吹きイグアナとか毒ハリネズミとかも、すぐに懐いてくれるんですけど、どの子もみんなボクの言うこと聞いてくれないんです」

ひたすら可愛い以外に役にはたたない羽根兎はもちろんのこと、テン以上に危険とされる火吹きイグアナも毒ハリネズミも、懐かせることはできても、使役獣として扱うことができないのだ。

「……火吹きイグアナも毒ハリネズミも、使役獣として使うようなものではないと思うが……」

クライドの指摘に、ノエルは「そうなんですよねぇ」と呑気《のんき》に応《こた》える。

「でも、みんなおとなしくていい子ですよ」

可愛いし、とノエルはすっかりマフラーと化してしまったテンを首から下げた恰好でニッコリとクライドを見上げた。

「火吹きイグアナがおとなしい、ですか……」

ランバートが、片眼鏡の奥の細い目を見開いて呟く。

「わからんやつだ」

そうは言われても、ノエル自身、どうして自分は皆のようにできないのか、わからないのだからどうしようもない。

小型魔獣たちが言うことを聞く気にもならないほど、自分の魔力は弱いものなのだろう。火吹きイグアナも毒ハリネズミも、ノエルを敵と認識していないだけに違いない。

「とりあえず、人型に戻るか、猫になるか、どちらかにしろ」

みっともない…と嘆息されて、ノエルは肩を落とす。ノエルのこの中途半端な姿を「可愛い」と言ってくれたのは、出来の悪いノエルのことを最後まで見捨てずにいてくれた、兄のように慕っていた先輩魔族だけだ。

恥ずかしくなって、マフラーにしていたテンを、もじもじと手のなかで丸める。大きな毛玉になったテンは、その恰好のままノエルの膝におさまった。

「えっと……どうしたら？」

絶対に叱られる…と思いながらも、おずおずと尋ねると、案の定クライドの眉間の皺が深くなる。

「なに？」

目を細められて、ノエルはビクリッと薄い肩を震わせた。怯《おび》えた様子にいささか鼻白んだ顔で、クライドは「いつもはどうしているのだ」と、長嘆とともに確認をとってくる。

「ええっと……そのうち自然と……」

「……」

ひくっとクライドの端整な頬がひきつった。ノエルはたらり…と冷や汗をたらす。

訊《き》かれたことに対して正直に答えただけなのに、叱られるのは理不尽だと思うものの、口にする勇気はなかった。

「クライドさま、どうかそのへんで」

ランバートが穏和な声音で主を諫めてくれる。

クライドは、ぴんっとしっぽを立てて青くなるノエルに今一度長嘆を落として、それから首根っこを摑んで引き上げた。

もちろん、クライドは手など使わない。襟首をひっかけられたような恰好で、シマシマのテンを抱いたノエルはふよふよと宙に浮いている。

クライドが指先でちょんっとノエルの額にふれると、ぽんっ！　と弾ける音とともに、ノエルは真っ黒な仔猫の姿に変化した。そして、今度こそ本当に首根っこを摘まれる。

遊び足りない顔のテンをランバートに放って、クライドはノエルを肩に長衣を翻す。

「役に立たんきさまはペットで充分だ」

「えぇぇ〜っ」

がんばってお皿磨いたのに〜！　と叫んでも、銀の瞳にひと睨《にら》みされて口を噤《つぐ》むはめに陥った。

「マタタビと猫じゃらしをお持ちいたしましょう」

ランバートが、そろそろお茶の時間ですから、と主に提案する。

ランバートにまでペット扱いされて、ノエルは膨れた。けれど、小さな爪と牙を立てたところで、じゃれているだけのこと。

小さな背を、クライドの大きな手が撫でる。それだけでノエルはうっとりしてしまって、「うなぁう」と甘えた声で鳴いて喉を鳴らした。


ランバートが用意したふかふかのクッションの上で、クライドに強制的に猫の姿に変化させられたノエルが、丸くなってすやすやと寝息を立てている。

お茶と一緒に届けられた黄金マタタビと猫じゃらしでたっぷりと遊んでやったから、しばらくは目を覚まさないだろう。

すると、どこから入り込んだのか、白黒のゼブラ模様をした細長い小型魔獣が、ノエルの眠るソファによじ登ろうとしていることに気づく。ノエルにやけに懐いていた使役獣のテンだ。

どうするのかと見ていると、ノエルの傍らにうずくまって、自分も一緒に丸くなる。

ずいぶん懐かれたものだ。一見可愛らしい外見とはうらはらに、ランバートの言葉どおりテンは凶暴な魔獣だというのに。

そのテンを飼いならして家事に従事させるなど、経験を積んだランバートだからこそできることだ。

使役獣として使うことはもちろん、普通は飼いならすことも難しい。

そのテンを、飼いならすつもりはないのだろうが、懐かせてしまうとは……。

「力の使い方がわかっていないのか……？」

羽根ペンを置いて、クライドは「ふむ」と頬杖《ほおづえ》をつく。そこへドアをノックする音がして、銀のポットをのせたトレーを手にしたランバートが姿を現した。

「失礼いたします。……おやおや、これは可愛らしいことで」

ソファですやすやと眠るノエルに気づいたランバートが、片眼鏡の奥の目を細める。

「テンがひと目で懐くとは……不思議な力をもった子のようですね」

老執事が、トレーをテーブルに置きながら言う。クライドは、我が執事の観察眼に、満足の意味で頷《うなず》いた。

「おまえもそう思うか」

ランバートが新しいものと取り替えたティーカップに手を伸ばしながら言葉を返せば、ランバートはいったん手を止めてクライドの傍らに立った。

「黒猫族としてはたしかに落ちこぼれかもしれませんが、クライドさま如何《いかん》で、磨けば光るやもしれません」

「私如何と？」

主の問いに、ランバートは大きく頷いて答えた。

「黒猫族は忠義な魔族です。役目を与えられれば、能力以上に働きます。逆に、必要とされなければ、能力は半減いたします」

ノエルも、お役目を与えていただければ、きっと張りきることでしょう、と微笑《ほほえ》ましげに言う、その声音には、どこか面白そうな色が滲《にじ》んでいた。

「役目…か。執事として仕込めると思うか」

一応、執事見習いと言い渡してはあるが、いくら仕事を仕込んだところで、使役獣もまともに使えないようでは、館を取り仕切ることなどできまいと返す。主の杞憂《きゆう》に対して、ランバートは「腕がなりますね」と鷹揚《おうよう》と微笑んだ。

魔力を増幅させるのはたやすい。クライドが少し力を分けてやればいいことなのだが、それではつまらない。

クライドがノエルに手を伸ばすと、傍らのテンが顔を上げる。警戒を漲《みなぎ》らせる小型魔獣はしかし、クライドの手に牙を立てることはできない。

力の強い者への畏怖《いふ》もあるが、クライド自身が力でねじ伏せているからだ。だがノエルは違う。魔力で言うことを聞かせるのではなく、単純に懐かせていた。それは、ランバートのやり方とも違う。

クライドがノエルの額の星型模様に指先でふれると、ノエルは瞬く間に人型に変化する。だが、その眠りは破られない。まったく呑気なことだ。

「面白いな」

新しいおもちゃを手に入れた気持ちで、クライドは型にはまらない、少年悪魔を見やる。主の傍らで老執事も、興味津々とテンを腕に抱いて眠る少年をうかがう。

「いろいろと経験させてみてはどうでしょう」

そうすれば、どんどん吸収して、知識量に比例して魔力も強くなり、身体も成長するのではないか、と。

「見た目はいまのままでもかまわんが……」

執事の提案に思案のそぶりを見せて、クライドは「連れ出してみるか」と呟く。

「明日からは、使役獣の扱い方を中心に仕込め」

覚えるかどうかはわからんが、と執事に言い渡す。

「かしこまりました」

ライヒヴァイン公爵のなにもかもを心得た執事は、一礼を残して部屋を辞した。

すやすやと眠るノエルは、いっこうに目を覚ます気配はない。このまま放置してもいいのだが、ここはクライドの自室だ。しかもノエルが寝ているのはソファであってベッドではない。

「手のかかることだ」と呟く声も愉快げに、クライドは指先ひとつで、抱き枕《まくら》にしたテンごと、ノエルを自室に瞬間移動させた。

そのあとで、自室に併設の書庫に足を向け、そこの管理を任せている使役獣の双頭の守宮《ヤモリ》に、目的のものを探し出すように命じる。守宮は迷いのない動きで、目的の書物を探しだしてきた。

広い広い悪魔界には、長い時間を生きる悪魔たちにも知りえないことが山ほどある。ノエルの不思議な力を解き明かす知恵も、どこかに記述されているかもしれない。

3

悪魔同士が交流を持つことはあまりないが、貴族と呼ばれる上級悪魔はその限りではない。爵位をもつ者には、悪魔界においてそれなりに役目があって、大魔王から承ったそうしたお役目をつつがなく果たすためにも、同じく役目を負う者たちと、最低限の交流が必要となるのだ。

そのために開かれるのが宴《うたげ》で、宴のメインは狩りと、その成果を披露する酒宴となる。

大物を狩り、そのエネルギーを吸収することで、悪魔はより力を強める。力の強い者は、大物を狩ってより力を強め、力の弱い者は小型魔獣しか狩ることができないから、いつまで経《た》っても弱いまま。

弱肉強食の掟《おきて》が、悪魔界には綿々と受け継がれているのだ。

狩りで満腹になったあと、悪魔たちは甘い蜜《みつ》酒で酒宴を繰り広げる。

着飾った上級悪魔たちは、本当に華やかだ。

宴の会場となったノイエンドルフ侯爵の館のパーティルームは、天井が高く、ガラス張りで、金の装飾が美しい。

悪魔界にあっても珍しい、色とりどりの果物が大皿に盛られ、そこかしこに蜜酒と血色ワインを給仕する蛇蜥蜴族のホスト。蛇蜥蜴族は、美貌で知られる一族で、多くは上級悪魔に稚児や愛人として囲われて、優雅な暮らしを満喫しているという。

艶っぽい流し目を寄《よ》こす蛇蜥蜴族の青年悪魔たちにボーッと見惚《みと》れながら、ノエルはクライドのあとをついて歩く。

宴に出かけるから着いてこいと言われたときは驚いた。

クライドとランバートふたりがかりで着飾らされ、酒宴の場でのマナーを即席で叩《たた》き込まれた上で館を連れ出され、気づけば悪魔界のどこにあるかもわからないノイエンドルフ侯爵の館にいたのだ。

広い広い悪魔界に地図などなく、それでも上級悪魔たちは自在に悪魔界を行き来する。ノエルには、その方法すらわからない。

いきなり連れ出された場所の華やかさに、ノエルは大きな目をパチクリさせた。上級悪魔の宴には、上級悪魔とその傍《そば》仕えの者しか足を踏み入れることがかなわない。館を守ることが仕事の執事が連れ出されることはまずないから、黒猫族の教えのなかにも、宴の場でどうふるまうかというのは、最後に学ぶことのうちのひとつで、ノエルのようにその前段階で落第の烙印《らくいん》を押された者には、まったくその知識がない。

「私から離れるな」

そう言って、クライドは鎖の術をかけてくれた。クライドから一定距離以上離れることができない魔法だ。

それがなければ、ノエルはクライドの長衣にしがみついて離れられないだろう。

大量の蜜酒と血色ワインが消費される宴の場は無礼講だ。そこかしこで狩りの成果を披露する者、蛇蜥蜴族のホストを貪《むさぼ》る者など、おのおのが好きにありあまる時間をすごしている。

ノエルはクライドの一歩後ろをついて歩きながら、そのひとつひとつの光景に大きな目をさらに零《こぼ》れ落ちんばかりに見開いた。

――これが上級悪魔の宴……。

クライドは、爵位のなかでも最上級の公爵だから、クライド以上に美しい悪魔も、クライド以上に強い悪魔も、そしてライヒヴァインの館以上に荘厳な館もないとノエルは思っていたのだが、ノイエンドルフ侯爵の館も、なかなかにひけをとらない美しさだ。そしてそこに集う上級悪魔たちも……。

顔を見せたくないのだろう、どういう魔法を使っているのかわからないけれど、ノエルにははっきりとその姿がうかがえない者もいるが、姿を曝《さら》している者は皆、なんともいえない迫力を醸している。

でもやっぱり、クライドが一番美しく高貴だと、ノエルは一歩前を行く長身を見上げた。

そのクライドがふいに足を止めて、ノエルは広い背中にぶつかりそうになる。どうしたのかと見上げると、クライドの横顔がいつも以上に厳しい表情を浮かべていた。

「クライドさま……？」

すると、クライドの行く手を塞《ふさ》ぐように、前に立つ長身。クライドと同じ上級悪魔であることは、胸元を飾る大粒の宝石とそれを取り巻く装飾とでわかる。

「これはこれは公爵閣下。宴にご列席とはお珍しい」

慇懃《いんぎん》ながらも砕けた口調で、クライドに匹敵する位を持つだろう、上級悪魔が優雅に腰を折って言った。

「面白くない冗談はやめろ、ヒース」

憮然《ぶぜん》と返された上級悪魔は、愉快そうに笑って、「あいかわらずだな」と肩を竦《すく》める。

ヒースという名から、今日の宴の主催者である、ヒース・ノイエンドルフ侯爵だと知れた。出かける前に、ランバートが最低限の情報を与えてくれたから、間違いない。

たしか、クライドとは古い付き合いだとランバートは言っていた。爵位はクライドのひとつ下の侯爵だが、クライドとも気安く口を利く、今現在悪魔界のナンバースリーと噂《うわさ》される人物だ。

もちろんトップに座するのは大魔王で、ナンバーツーがクライド、そして三番目にノイエンドルフ侯爵、という順だ。

「可愛らしい従者を連れてとは、ますますもって興味を惹《ひ》かれるが……どういう風のふきまわしかな？」

ヒースが、探るような眼差しをクライドに向ける。

「この子、黒猫族だろう？　おたくには優秀な執事がいるじゃないか」

「ノエルという。森で拾ったんだ。――ノエル」

あいさつをするようにと促されて、ノエルは一歩進み出る。そして頭を下げた。

「はじめまして、侯爵さま。どうぞお見知りおきを」

ランバートに教えられたとおりにあいさつをすると、キースはゆるく目を見開いて、それからクライドに顔を向けた。

「注目を浴びるぞ。気をつけたほうがいい」

友人の言葉を受けて、クライドは傍らのノエルに視線を落とす。眉間に刻まれる皺を見て、ノエルは自分が何か失敗をしたのかと首を竦めた。

「ひと巡りしたら帰る」

「そう言うな。付き合えよ」

宴の席そのものには、ノエルは入れない。入れるとすれば、酌をしたりもてなしたり、何かしらの役目を与えられる場合のみだが、見たところ見目美しい蛇蜥蜴族の若い悪魔たちがその役目を担っているようで、ノエルの出る幕はなさそうだった。

「心配しなくても、うちの羽根兎たちの籠《かご》にいるといい」

ノエルを放ってはおけないと言うクライドに、ヒースが提案を寄こす。しかたないか…という顔で、クライドはノエルの額に手をかざした。

「わっ」

ぽんっ！　と弾ける音とともに、ノエルは仔猫の姿に変化する。

「クライドさま？」

「おとなしくしていろ」

首根っこを摑まれて、テラスの片隅につくられた、装飾美きわまる籠に連れられる。なかには可愛らしい羽根兎が数羽おさめられ、愛嬌《あいきょう》を振りまいていた。

「この籠は、私にしか開けられないから心配はいらないよ」

ほかの悪魔に攫《さら》われるようなことはないとヒースが言う。

「おやつもたっぷりあるし。その子たちと仲良くしているといいよ」

籠のなかには、色とりどりの果物が積まれていて、羽根兎たちは、大きな籠のなかで餌を食べたりじゃれあったり眠ったり、好きにすごしているようだった。

「クライドさまぁ」

ひとりは嫌だと泣いても、ひと睨みで黙らされる。しゅうんっとしっぽを落とし耳を伏せると、懐っこい羽根兎がよってきて、ノエルにふんふんと鼻先を寄せた。

「わっ、くすぐったいよっ」

数羽がかりで襲いかかられて、ノエルはじたじたと暴れる。すると余計に羽根兎にじゃれつかれて、大変なことになってしまった。

「うにゃにゃにゃにゃあっ」

ノエルの叫びを背に、クライドはテラスを出る。そのクライドの耳元に、ヒースが何やら囁《ささや》いたが、ノエルには聞き取ることができなかった。


貴族同士の付き合いというのも、なかなかにわずらわしい。だが、それをそつなくこなすのも、今現在悪魔界のナンバーツーと言われるクライドに与えられた役目のひとつだ。

大魔王の存在が絶対といえども、なかには不穏なことを考える輩もいないとは言いきれない。

己の力を過信して、馬鹿《ばか》なことを考える愚か者も存在する。少し前には、貴族の末席を汚す末弟に嫉妬《しっと》した、何番目かの兄弟が、末弟宅の執事を攫うという事件を起こした。それは、大魔王の決定に背く大事件だ。

そういった問題をその威光によって未然に防ぐのも、貴族の頂点に立つ者の役目だ。引き起こされてしまった場合には、速やかに処理する。

だから、こうして貴族が集う場所にも、面倒だと思いながらも顔を出す。だが、ランバートの提案といえども、ノエルを連れてきたのは失敗だった。

「難しい顔をして……そんなにあの仔猫ちゃんが心配かい？」

ヒースに愉快そうに言われて、クライドは眉間の渓谷を深くする。

「……なんの話だ」

低い声で凄んでも、長い付き合いになる相手は怯《ひる》まない。

「きみが従者連れでくるなんて、珍しいと思ってね。しかもあんな可愛い子なんて」

たしかに、羽根兎とじゃれる仔猫姿のノエルは愛らしかった。だがそれだけだ。愛《め》でられる以外になんの役にも立たない羽根兎と同じで、猫の姿になってもノエルには、たいした力は期待できない。

「たまたま森で拾っただけだ。黒猫族なら使えるかと思い連れ帰ったが、まったく期待外れだった」

「またまた。気に入った相手ほど苛《いじ》めるのはきみの悪い癖だね。末弟のアルヴィンにも、きみは冷たかった。なのに、そういう相手に限って、きみは好かれるんだ。そうしてそのうち、放っておけなくなってしまう」

自覚のあることでも、他人に言われると腹立たしいものだ。

とくにヒースは、触れられたくない部分を容赦なく抉《えぐ》る気質で、昔から不愉快な気持ちにさせられることが多かった。ではなぜ長く付き合っているのかと訊かれれば、クライドにもよくわからない。

クライドに気づいて媚《こ》びへつらってくる輩を適当に流し、顔見せだけして、先にノエルをあずけた籠のあるテラスへと足を向ける。

「もう帰るのかい？」

もっとゆっくりしていけばいいじゃないかと引き止めるヒースの声にも耳を貸さない。

「せっかくきみ好みの、蛇蜥蜴族の綺麗どころをそろえたんだ。楽しんでいけばいいじゃないか」

食うなり弄《もてあそ》ぶなり、好きにしたらいいと言われて、クライドはなぜか不愉快な気持ちになった。

「今宵は遠慮させてもらう」

つれない態度のクライドを見て、ヒースは「ああ、そうか」と含み笑いを零す。

「なんだ？」

なにが言いたい？　と問うと、ヒースはくくっと喉の奥で笑いを転がした。

「いやぁ、いつの間に宗旨がえしたのかと思ってね」

「……？　どういう意味だ」

いったいなんの話かと訝《いぶか》る表情を向ければ、ヒースは「可愛らしいきみの従者のことだよ」と返してくる。

「まぁ、たしかにまだ幼いけど、でも将来が楽しみな可愛らしさだからね。仕込み甲斐《がい》もあるだろうね」

黒猫族は凜とした美しさで知られている。もう少し育てば見られるようになるだろうと言われて、クライドは不快感を強めた。

「……くだらん」

吐き捨てて、テラスと室内を仕切る緞帳《どんちょう》をくぐる。

籠のなかを見ると、羽根兎のふわふわの毛に埋もれて、仔猫姿のノエルが丸くなっていた。すやすやと、寝息を立てている。

「へぇえ？　じゃあ、僕が欲しいって言ったら、譲ってくれるかい？」

籠の鍵《かぎ》を開けながら、ヒースが言う。

「……こんなチンチクリンが貴様の好みだったとはな」

いつものくせで、クライドはついついきついことを言ってしまう。ノエルを可愛らしいと思っていても、それを素直に口に出せないのがクライドの気質だった。

「こんな子どもは趣味ではない。ほしければくれてやるぞ」

そこかしこで、公爵閣下が毛色の違う稚児を連れてきたと、噂が立っていることくらい知っているぞ、と返すと、ヒースはやれやれといった表情で肩を竦めてみせた。

「その気もないくせに」

こういう場面でのクライドの言葉は逆に受け取らなければあとで痛い目を見ると知るヒースは、今の返答は聞かなかったことにしておいてあげるよ、などと恩着せがましく返してくる。

クライドはますます眉間の皺を深めて、籠のなかからノエルを摘みだした。

「クライドさま？」

こしこしと眠そうに前肢《まえあし》で目を擦《こす》りながら、ノエルがくああっと大きなあくびをする。

「羽根兎の布団は、ずいぶんと寝心地がよかったようだな」

多少呆れた顔で言いながら、クライドはノエルを仔猫の姿のまま肩にのせた。

そのノエルの額を、ヒースがちょいちょいっとつつく。「また遊びにおいで」と言われて、ノエルはきょとりと目を丸くした。

主の許可なくしては、言葉を返せない。ノエルは大きなエメラルドの瞳を瞬くのみだ。

それでもヒースは気にならない様子で、そのまま魔界の闇《やみ》に消えようとするクライドを見送る。

「また今度ゆっくりと、ランバートの淹《い》れたお茶をいただきに行くよ」

「貴様に出す茶はない」

来なくていいと言い捨てて、クライドは一陣の風とともに闇に消える。その突風を涼しい顔で受けながら、ヒースは「ちょっと楽しいことになりそうかも」と、クスクス笑いを転がした。

気づけば館の塔の一室、クライドの部屋に戻っていた。

仔猫の姿で肩に抱かれた恰好のまま、ノエルはしゅうんと耳を伏せ、先に聞いた言葉を胸中で反芻《はんすう》する。

『こんなチンチクリン』『子どもは趣味ではない』『ほしければくれてやるぞ』

クライドは、ヒースにそんな言葉を返していた。寝たふりで、ノエルはそのやりとりを聞いていた。

クライドが戻ってきたのが気配でわかって、反射的に飛び起きようとしたらふたりの会話が聞こえてきて、思わずまた寝たふりをしてしまったのだ。

なんだか聞いてはいけない話のような気がして……。

それ以前にも、テラスに出てきた宴の招待客たちが、クライドの噂をしていた。ノエルが黒猫に姿を変えているとも気づかないままに、彼らは酒宴の中心人物である、公爵閣下の噂話に興じていたのだ。

――『ずいぶんと毛色の違う稚児をお連れではないか』

――『あんな子どもがお好みとは……趣味が変わられたのだろうか』

――『綺麗どころに飽きられたのだろうよ。それに、子どものほうが調教のし甲斐もあるというものだ』

そうした会話のなかから、クライドは蛇蜥蜴族のような、妖艶《ようえん》な美貌の主が好みらしいとか、過去に食指を伸ばされた綺麗どころの評判とか、あまり聞きたくない話まで耳に入ってきてしまって、ふかふかの羽根兎に埋もれながらも、ノエルは結局眠れないまま、ずっと寝たふりで丸くなっていたのだ。

――ボクなんかが傍にいたら、それだけでクライドさまの評判を落としちゃうことになるんだ……。

はじめて知った世間に、ノエルは小さな耳を伏せてすっかりと落ち込んでしまう。

ノエルの元気がないことに気づいたのか、クライドが「どうした？」と大きな手で背を撫でた。

「な、なんでもありませんっ」

ふるるっと小さな頭を振って、クライドの手に額を擦りつける。「ふみゃあ」と鳴くと、クライドは「眠いのか」と、見当違いなことを言った。

羽根兎の籠で寝ていたところを起こして連れ帰ったから、ノエルがぐずっていると思ったらしい。

「クライドさま」

なんと言っていいかわからなくて、ノエルは大きな手に甘える。クライドは「しょうのないやつだ」と呟いて、ノエルの額を指先でつついた。

ぽんっ！　と弾ける音とともに、ノエルは仔猫の姿から人型に変化する。

「どうせ自力では戻れんのだろう」

呆れた声音で言って、腕に抱いたノエルの顔を間近に見やる。ノエルの小さな心臓が、ドクリと跳ねた。

人型に戻してほしくて、すりすりしていたわけではないのだけれど……。

「……すみません」

クライドの腕に横抱きにされた恰好のまま、ノエルはしゅんっと首を竦める。

「まぁいい。今日は珍しいものが見られただろう？」

面白かったか？　と訊かれて、ノエルはコクリと頷いた。ショックで宴の様子などほとんど覚えていないけれど、頷かないとクライドに悪いような気がしたのだ。

「ならいい」

そう言って、クライドはノエルの髪をくしゃりと撫でる。

人の姿のまま首に縋《すが》って甘えたら、クライドはどういうわけか渋い顔をした。猫の姿のときはいくらだって甘えさせてくれるのに…と、切ない気持ちに駆られたものの、言えなくて、ノエルは縋っていたクライドの長衣から手を放す。

「今日は早くに休め」

もっと一緒にいたいのに、クライドはノエルの額に手をかざす。「あ」と思ったときには、ノエルは自室のベッドの上に、ひとりで座り込んでいた。

たったいままで、クライドの腕に抱かれていたのに、いきなり放り出されて、寂しさに襲われる。

ノエルに与えられているのは、分不相応なほど広い部屋と大きなベッドで、その広さが、今日はやけに寂しく感じられた。

いつもは、ふかふかのベッドで眠るのが楽しみでしかたないというのに。

「クライドさまのお部屋のソファでもいいのになぁ……」

クライドの部屋のソファで転寝《うたたね》をしていたはずが、翌朝気づいたら自室のベッドで寝ていたことがあった。あのときも、ちょっと寂しかったのを思い出す。

もっとクライドと一緒にいたいし、どこかへ連れ出されても、恥ずかしい思いをしなくてすむようになりたい。

そのためには、もっともっと精進して、せめて執事見習いとして認めてもらえるようにならなくては。ランバートのようには無理でも、そのランバートの手助けくらいできるようになりたい。

「よし、明日から、またがんばろう」

そう決意を固めて、ノエルはベッドにもぐりこむ。

クライドに撫でてもらった前髪にそっと手をやって、その温《ぬく》もりを思い出しながら目を閉じた。

4

磨き上げた銀食器が、パントリーの天井につきそうなほどに積み上がっている。その輝きを満足げに見上げて、ノエルは最後の仕上げとばかりに、使役獣に命じた。

「お皿運んで！」

ノエルの傍らでじーっと作業を見ていたゼブラ柄のテンが、きょとり…と首を傾げてノエルを見やる。なにを言っているの？　と尋ねているかのような仕種《しぐさ》だ。

「だーかーらー、お皿を棚に運んでほしいの！　ね！　できるでしょ！」

ランバートが命じれば、一族郎党までぴょこぴょこと顔を出して、皆総出で銀食器を運びはじめるというのに、ノエルが命じても、いつもの一匹以外、姿を現す気配はない。

「ねぇ、お願いだから、言うこと聞いてよ。ボクの言ってることわかるでしょう？」

ノエルが懇願しても、テンは「きゅい」と可愛らしく鳴くだけで、動こうとしない。ノエルの頬にすりすりと甘えてはきても、それだけだ。

「懐いてくれるだけじゃダメなんだってばっ。お仕事してくれないとっ」

外見に似合わず凶暴だと言われるテンを苦労なく懐かせることはできても、使役獣として使えなくては意味がない。

「お皿！　運んで！」

力いっぱいいいいつけると、小首を傾げたテンは、再び「きゅい」と鳴いて、積み上がった皿の一枚を頭にのせた。

「やった！　ありがとう！」

だが、喜んだのも束《つか》の間、長い胴体にいくつもの食器をのせて運べるはずなのに、頭に皿一枚のせただけで、しかもバランス遊びをするかにその場を動かない。

「違うんだってば～。一芸披露じゃないんだから～」

ノエルがぐったりとテーブルにつっぷしていたら、ふいに仲間のテンがぞろぞろと姿を現して、テーブルの上に積み上がった銀食器を運びはじめる。

「……？　なに？」

顔を上げると、ドアのところでランバートがにっこりと微笑んでいた。

やっぱり……自分の命令をきいてくれたわけではなかったのか……と、気落ちを隠せず、ノエルは長嘆を零す。

「この子たちは、ノエルさんが大好きなようですね」

「でも、全然いうこと聞いてくれません」

好かれても、命令を聞いてくれなくては意味がない。そう言うと、ランバートは、「お友だちでいたいと思っているのかもしれません」と返してきた。

「ボク、小型魔獣に同等だと思われてるんですね、きっと」

人型をとれる悪魔と、獣や昆虫のかたちから変化できない魔獣との間には、あきらかに位の差があるのだが、その小型魔獣にも、同じレベルだと思われているから、命令を聞いてくれないのだ。それくらい自分は出来そこないなのだと思い知らされて、ノエルは悲しくなる。

「やっぱりボクはどうしようもない落ちこぼれなんですね。どんなにがんばったってクライドさまのお役に立てない……」

しゅんっと肩を落とす。大きな目に涙さえ浮かべはじめたノエルに、ランバートは手品のようにキャンディを出してくれた。

「元気を出して。がんばっていれば、きっと報われる日がきますよ」

キラキラ輝くキャンディは、館の裏手に一面に咲き誇る緋色蓮華《ひいろれんげ》の蜜を集めたもののようだ。

「はい！」

ランバートの言葉に頷いて、キャンディを頬ばる。甘い蜜を固めたキャンディは、ほっぺたが落ちそうなほどに美味しかった。

「美味しい〜！」

素直な反応を、ランバートは微笑ましげに見やる。

「素直で元気なのがノエルさんのいいところです。魔獣たちも、だから警戒心なく懐いてくるのでしょう」

そう言われると、少しだけ気持ちが浮上して、ノエルは銀食器を片づけて戻ってきたテンを抱き上げる。

「元気が出たら、庭に出て花柄《はながら》摘みをしてきてください。今はちょうど、紫紺薔薇《しこんばら》がさかりですから」

新しい仕事を言いつけられて、ノエルは「はい！」と大きく頷いた。

テンを肩に、館を出て庭の薔薇園へ。薔薇園とはいっても、意図的に咲かせているわけではなく、紫紺薔薇がその一帯に自生しているのだ。悪魔界では、人為的に植えた植物はまず育たない。特別な力を持つ悪魔が術をかければ話は別だが、そうでない限り、植物が育ちたいと思う場所で育つ。

だから、館の周辺に咲き誇る紫紺薔薇も、この場で咲きたいと思って咲いている。きっと公爵の館を飾るのに、自分たちの美しさがふさわしいと思っているに違いない。

事実、肉厚でビロードのような艶のある花弁を持つ紫紺薔薇には、クライドに似合いの高貴さがある。

薔薇は繊細な植物だから、花柄を摘んで常に綺麗に整えてやらないと、機嫌を損ねて咲かなくなることがある。咲く場所は自分で選んでいるのに、なんとも勝手な話だが、それこそが薔薇の高貴さなのかもしれない。

「これからもずーっと綺麗に咲いてね」

薔薇に話しかけながら、花柄を摘む。水をやる必要はない。傍を流れる水晶の小川にまで根を伸ばして、必要な養分を吸い上げているからだ。

花柄を摘み終わったら、次は館の掃除だ。長い長い廊下は絨毯《じゅうたん》敷きだから、箒《ほうき》で掃く程度では綺麗にならない。風を起こす魔法をうまく使って、埃《ほこり》を外に掃き出すのだ。これは、ノエルにはなかなかハードルが高い。

ランバートは、こまごまとしたことが好きな小型魔獣をうまくつかって掃除をしているけれど、誰《だれ》もノエルの命令はきいてくれないから、使役獣を使うのは諦《あきら》めた。そのかわりに、自分の力でなんとかやってみようと考えたのだ。

「力をうまくコントロールして……」

出来の悪いノエルのことを、いつも心配してくれた兄のような人が、このやり方をしていた。とても優秀な人だからできたことかもしれないけれど、自分なりにできることを模索しなくては、なんの役にも立てない大飯食らいでしかなく、このままこの館にいることはできなくなる。

「えいっ」

長い長い廊下を這《は》うように風をコントロールする。だが、そう簡単にいくはずもなく、ノエルは力の加減を誤って、廊下に突風を呼んでしまった。

「わぁ……っ！」

自分で起こした風に飛ばされて、ノエルは長い廊下を転がった。壁に据えられた燭台《しょくだい》が飛ばされ、壁際に飾られた壺《つぼ》や彫像も飛ばされる。それでも風はおさまらず、とうとう廊下に並んだ窓を割り、金糸銀糸で織られたカーテンをも引き裂いた。

「どうしました!?」

その騒音に気づいたランバートが、慌てた様子で木菟姿で飛んできて、同時に「なにごとか」と低い声が館中に響く。

割れた窓から飛び込んでくる黒い影。塔の自室で執務にあたっていたクライドが、騒ぎに気づいて下り立ったのだ。

「……!?　ノエル!?」

惨状を見て、すぐにノエルの仕業と気づいた様子だった。

「クライドさまぁっ！」

ノエルは、必死の声で助けを求める。自分でしでかしたことの後始末もつけられないなんて、情け

なかったけれど、背に腹は代えられない。

床にうずくまって頭を抱えるノエルを見つけて、いくらか安堵《あんど》の表情を見せたあと、クライドは指先ひとつで吹き荒れる風をおさめてしまう。

風に飛ばされそうになっていたランバートも、ほっとした顔で人型に変化した。

「た、助かった……」

がっくりと力尽きて、ノエルはそのまま廊下にへたり込む。その首根っこを、クライドに摘み上げられた。

「わっ」

襟首を摘まれ、クライドの顔の高さに持ち上げられて、ノエルは首を竦める。

「なにがどうしてこの惨状なのか、わかるように説明しろ」

凄まれて、ビクリと肩を震わせる。

「えっと……」

どこからどう説明しようかと迷っていると、クライドが長嘆とともに指摘を寄こした。

「おおかた、無謀な魔力を使おうとしたのだろう。己の分を弁《わきま》えぬから、こういうことになるのだ」

「……っ」

ただ叱るのではなく、濃い呆れを滲ませた声が、ノエルの身を縮こまらせる。

期待などしていないのだからおとなしくしていればいいものを、身の丈に合わないことをしようとするからこうなるのだと、呆れられたと感じたのだ。

少しでもクライドの役に立ちたいと思って、出来る限りの努力をしようと思って、がんばっただけなのに。

やっぱり自分はどうしようもない落ちこぼれで、こんな迷惑をかけてしまって、それだけでなくクライドに呆れられてしまった。

出ていけと言われたらどうしよう。執事として上級悪魔に仕えることを許されなかったノエルには、ほかに行くところなどないというのに。

「す、すみません……」

消え入る声で詫《わ》びる。

怖くて恥ずかしくて、顔を上げられない。

ぎゅっと目を閉じたノエルの耳に、投げやりにも聞こえる命令が落とされた。

「もうよい。庭で羽根兎と遊んでいろ」

「……え？」

思わず目を開けて、間近にある端整な顔をうかがう。大きな瞳をぱちくりさせるノエルに、クライドは冷たく言い放った。

「執事見習いは返上する。おまえは私のペットで充分だ」

ペットならペットらしく愛嬌だけ振りまいていればいいと言われて、ノエルは顔を強張《こわば》らせる。サーッと全身の血が下がった。

「……っ!?　そんな……っ」

愛玩《あいがん》動物として飼われるだけの存在など、主に仕えることを生業とする黒猫族のノエルにとってはありえないことだ。それはつまり、己の存在意義を否定されたに等しい。

そもそも落ちこぼれの烙印を押されているうえに、それを知っても館に置いてくれたクライドにまでそんなふうに言われて、目の前が真っ暗になった。

「変化もまともにできんようでは、館をあずかる執事の仕事など、できるはずがなかろう」

できないことを無理にするからいけないのだ。己の身の丈にあった仕え方をしていればいいと言う。

ノエルは、必死の懇願を込めてふるっと首を横に振った。

「で、できますっ」

できるようになります！　と訴えたところで説得力などない。クライドはもちろん、いつもは主をとりなしてくれるランバートも、今日は助け舟を出してくれない。

クライドの長い指が額にかざされる。己の力ではなく、クライドによって強制的に猫の姿にされるとわかって、それから逃げるようにノエルは咄嗟《とっさ》に力を使った。

ぽんっ！　と弾ける音とともに、自らの力で変化する。

だが、銀の森で命からがら逃げていたときと同じくらい必死になったつもりだったのに、ノエルの変化は中途半端なものだった。猫になりきれず、人の姿に猫耳としっぽを生やしてしまったのだ。

「……あ」

よりによってこんなときに失敗するなんて……。

「……ったく」

言わんこっちゃないと、深い呆れを滲ませる長嘆。

――……っ。

ノエルは唇を噛んで、羞恥《しゅうち》と悔しさと、そして絶望とに必死に耐える。

「ボ、ボク……」

ぺしゃんっと耳を伏せ、しっぽを巻いて、ノエルは肩を落とす。その姿にまたため息をついたクライドは、ノエルを腕に直接抱いて、その場に背を向けようとした。

「外で遊ぶのが嫌なら、私の部屋の鳥籠に入っているがいい」

「鳥…籠？」

「目を離した隙《すき》にまた何をしでかすかわからぬからな。鳥籠なら、おとなしく寝ているくらいしかすることもないだろう」

呆然とするノエルに気づかぬ様子で、クライドは長い廊下を進む。ノエルは絶望的な気持ちで広い背にぎゅっと縋った。

「……や、で…す……」

消え入る声で呟く。

「……？　ノエル？」

なんだ？　とクライドが足を止めたタイミングで抱かれた腕から飛び降りて、ノエルはふるふると頭《かぶり》を振った。

「いやですっ、ボクは……っ」

籠に入れられて、愛でられるだけの存在になるなんて嫌だ。ノエルは、クライドの役に立ちたいのだ。

「ノエル？　なにを……」

クライドが、訝る顔で手を伸ばしてくる。戻りなさいと、命じる。

ノエルは、ふるっと首を横に振った。

「いやです……っ！」

叫んで、そして、無意識に跳躍した。

一陣の風とともに、クライドとランバートの前から姿を消したのだ。

どこへ行こうとか、ライヒヴァイン公爵家を飛び出してどうするかとか、何も考えていなかった。

ただ、ほかに頼れるひととして、思い浮かんだ顔はひとつだけだった。広い広い悪魔界のなかから、その人の気配を探して、跳躍したにすぎなかった。

気づいたら、ライヒヴァイン公爵家とは、まったく雰囲気の違う貴族の館にいた。

「ここ……」

自分はいったいどうしたのか。

クライドのもとから飛んできたことに、咄嗟に気づけなかった。

――ボク……自分の力で…？

啞然と周囲を見渡す。見覚えのない場所だった。

「……ノエル？」

鼓膜に届いた呼びかけの声は、聞き覚えのあるものだった。

「ノエル!?　どうして……」

駆け寄ってきて、ノエルの薄い肩に手を添えてくれたその人は、涼やかな美貌が印象的な同族。執事の制服ともいえる黒燕尾《えんび》を身にまとった、上級悪魔に仕える黒猫族の執事だった。

「イヴリン……」

呆然と、その名を呟く。

「ノエル？　どうしたの？」

なにかあったの？　怖い思いでもしたの？　と、肩を揺すって心配してくれる声が胸に届いた瞬間、ノエルはぼろぼろと涙を零していた。

クライドのもとを飛び出してきてしまったと気づく。咄嗟に、逃げてしまったのだ。

「イヴリン……ボク、ボク……」

うえぇぇぇんっ！　と、盛大に泣きじゃくりはじめたノエルに驚いて、イヴリンは青い瞳を見開く。

「ノエル……？」

そっと痩身を支えてくれる白い手。その手に縋って、ノエルは泣きじゃくった。

その様子を、館の主である上級悪魔が思案顔で見守る。ややして彼は、コウモリに姿を変えて、いずこともなく飛び去った。


ノエルが落ちつくのを待って、イヴリンは場所をリビングに移し、ノエルのためにお茶とお菓子を用意してくれた。

「アルヴィンさまがお好きで焼くんだけど、口に合うかな」

そう言って出してくれたのは、冥界山羊《めいかいやぎ》のミルクをたっぷりと使った木の切り株のかたちをした甘い匂《にお》いのお菓子だった。

「バウムクーヘンっていう、人間界の食べ物を模してるんだよ」

「ばうむくーへん？」

甘い匂いは、ノエルの大好物のドーナツに似ている。

「ドーナツとは違うの？」

ノエルが尋ねると、イヴリンは首を傾げながらも、さすがに博識ぶりを披露した。

「ドーナツ？　人間界のお菓子のことだね。車輪みたいなかたちの」

使う材料はバウムクーヘンもドーナツもさほど違わないはずだと言う。けれど、作り方が違うと、全然別物になるらしい。

「クライドさまが食べさせてくださったんです。とても甘くて美味しくて、ボク大好きになって……」

そう返すうちにも、じんわりと涙が滲んできて、ノエルはこしこしと目許《めもと》を擦る。

いまだ、猫耳としっぽを消すこともかなわず、かといって完全な猫の姿に変化もできず、ノエルは中途半端な恰好のまま、ウェンライト伯爵家のリビングのソファで、イヴリンに付き添われてえぐえぐと泣いていた。

「ノエル。いったい何があったの？　泣いていてもわからないよ」

イヴリンが諭すように言う。

それ以前に、いつの間にライヒヴァイン公爵家にお仕えすることになったの？　と訊かれて、ノエルは返答に詰まった。

まさか、魔獣に食われようと思って入った銀の森で、とうの魔獣に追いかけられて逃げ惑っていたところを、クライドに助けてもらったなんて、言えるわけがない。

「それ…は……」

言い淀《よど》むノエルに、イヴリンはさすがの観察眼で言葉を寄こした。

「この姿と関係あるの？　相変わらず、完全な変化ができないんだね」

隠しきれない呆れの滲む声で指摘されて、ノエルはぐっと詰まった。そして、またもじんわりと涙目になる。

「ボク……どうしてこんなにダメなんだろう……」

ぐすっと鼻を啜《すす》りながら訴える。イヴリンは涼やかな目を見開いて、ノエルの横顔をうかがった。

「クライドさまのお役に立ちたいのに、失敗ばかりして困らせて、変化だってうまくできなくて、こんなみっともない恰好になっちゃって……」

だから無用の烙印を押されて、執事見習いを返上されて、ペットとして鳥籠のなかにいればいいなんて言われて。

いくら落ちこぼれの烙印を押されて久しいノエルといえども、一応は黒猫族のはしくれだ。黒猫族にとってこれほどの屈辱はない。はっきりいらないと言われたほうがずっとましだった。

「ペット？　そんなふうに言われたの？」

あのクライドさまが？　と、イヴリンが驚きとともに呟く。

「……？　イヴはクライドさまを知っているの？」

尋ねると、イヴリンはさらに驚いた顔をして、そして長嘆した。

「クライドさまは、アルヴィンさまの兄上ですよ」

イヴリンが仕えるこの館の主、上級悪魔のアルヴィン・ウェンライト伯爵の長兄がクライドだと教えられる。

「……えぇっ⁉」

ノエルが目をまんまるに見開くと、イヴリンは額に指先を添えて、今一度ため息をついた。修業中に、できないノエルに対してみせたのと同じ仕種だ。

「上級悪魔の系譜くらい、黒猫族の執事なら頭に入っていて当然ですよ」

そう返されて、ノエルはまたもしゅんっと肩を落とした。長いしっぽの先をもじもじといじる。

「ご、ごめんなさい……」

伏せられた耳とぺたりと落ちたしっぽを見て、イヴリンは「しょうがないねぇ」とノエルの頭に手を伸ばした。

どうしてこの素直な弟弟子は、うまく力をコントロールできないのか、イヴリンも常々不思議に思っていた。

当人のノエルは、自分は落ちこぼれだと言うが、イヴリンの目には、そういう簡単な問題ではないと映る。やればできるのに、何かが邪魔をしているような…と考えて、イヴリンはアルヴィンの力の封印を思い出した。

だが、上級悪魔ならわかる話だが、執事職を生業にする黒猫族には、そもそも上級悪魔のような、持て余すほどの魔力などない。すべては上級悪魔に仕えるために持ち得る力なのだ。

もちろん、館の管理のみならず、いざとなれば主の楯《たて》にもなるのが執事に求められるお役目だから、上級悪魔とは比べようもないものの、それなりの力を有してはいるけれど。

気難しい魔獣を簡単に手なづけてしまったり、ほかにはできないことをやってのけてしまうかわりに、昔からノエルは、黒猫族にできてあたりまえのことができなかった。成長も遅くて、変化後はいまだに仔猫の姿だ。

ノエルを慰めてくれながら、そんな思案を巡らせるイヴリンの困った表情をうかがって、ノエルは今一度「ごめんなさい」と詫びた。

「なにを謝るの？」

「イヴのお仕事の邪魔してる……」

「いいんだよ。館のことは使役獣にやらせればいいし、アルヴィンさまはお散歩に出られたみたいだし」

執事として完璧に仕事をこなすイヴリンの姿は、ノエルにとっては理想像であり、憧《あこが》れだ。憧憬《どうけい》のこもった眼差しで見上げると、イヴリンは「泣きやんだなら、お茶にしようか」とノエルのために、香り高いお茶を淹れてくれる。

ランバートの淹れてくれるお茶も美味しいけれど、イヴリンのお茶は幼い日からの記憶に刻まれた味で、ノエルにとってはホッと安堵できる味だった。

――これからどうしよう……。

突発的に館を飛び出してきてしまったけれど、本当は出てきたいわけではなかった。本当は、ずっとクライドの傍にいたかった。執事見習いとして認めてもらえるように、せいいっぱいがんばるつもりだったのだ。

なのに、自分から飛び出してしまうなんて……。

クライドは怒っているだろうか。きっといまさら戻っても、館には入れてもらえないに違いない。

クライドの傍にいられるのなら、もういっそペットでもよかったかもしれないなんて、プライドのないことまでうっかり考えてしまいそうになる。

「ボク……」

またも大きな目にじんわりと涙を滲ませはじめたノエルを、イヴリンはいたわりの眼差しでうかがった。

この素直な少年悪魔をこうまで思い詰めさせるなんて、いかな貴族といえども許しがたい。とはいえ、あのクライドに、考えがないとも思えないのだけれど、と……。


いずこともなく消えたノエルの気配を追いきれなかったクライドは、己の不甲斐なさに歯がみした。

上級悪魔の追跡を逃れるとは……まったくどうでもいいところでばかり、ノエルは強い魔力を発揮する。能力の発露のベクトルが、間違っているとしか思えない。

なるほど、だから執事として使えなくても、額に銀毛の模様が現れているのか。納得するようなしかねるような気持ちで、クライドは長嘆を零した。

そこへ、ぱたぱたと羽音がして、一羽のコウモリが飛び込んでくる。

「兄上!」

貴族の末席を汚す、末弟のアルヴィンだった。

ぽんっ！　と弾ける音とともに、小さなコウモリから人型に変化する。以前は、うまく力をコントロールできなくて、コウモリにすらうまく変化できないこともあったが、最近は心身ともに安定して、力のコントロールの上手くできているようだ。

――なるほど……心身の安定か……。

そんなことを考える兄の前で変化を解いたアルヴィンは、「こんにちは！」と、悪魔らしからぬ爽《さわ》やかさ全開の笑みを見せた。

弟悪魔が訪ねてくることは珍しい。以前はクライドのほうがちょくちょく弟の館を訪れたものだが、監視の必要性が弱まって以降は以前より足が遠のいていた。

執事との蜜月を邪魔しては悪いと思ったのも、訪問が減った理由のひとつではあったが……。

「どうした？　イヴリンとケンカでもしたか？」

最愛の執事に見捨てられでもしようものなら、この末弟は封印された絶大な魔力をコントロールできなくなって、なにをしでかすかわかったものではない。

痴話喧嘩《げんか》程度であっても、危険の芽は小さいうちに摘んでおかなくてはならない。それも、クライドが大魔王から言いつかっているお役目のひとつだ。

「そんなんじゃありません」

アルヴィンは、ケンカなんてしてませんよ！　と、口を尖《とが》らせる。精神的な幼さを見せる弟悪魔は、それゆえに強大な力をコントロールしきれないのだとクライドは聞いている。

だからもう少し大人になって、さまざまなものを経験して、なにごとにも冷静に対処できるようになるまで、監視の目は外せない。

とはいえ、今現在は優秀な執事がついていて、主としての我《わ》儘《まま》も、恋人としての甘えも、すべてを享受してくれているから、今のところ弟の力のコントロールは安定している様子だ。

「私は忙しい。用があるのなら――」

「兄上、趣味変わりましたね」

思いがけないアルヴィンの指摘に、クライドはつづく言葉を呑みこんだ。

「……なに？」

どういう意味かと問う眼差しを向ける兄に、アルヴィンはどこか面白そうに言葉を紡ぐ。

「これまでは蛇蜥蜴族の美少年とか、梟木菟族の美人とか、色っぽいタイプばっかりだったでしょう？　でもまぁ、昔から存外と可愛いものがお好きだなぁと、思ってはいたんですけど」

弟悪魔の意味不明な発言に、クライドは眉間の皺を深める。

情人を食い散らかした過去がなんだというのだ。そんなものは、貴族のたしなみのうちではないか。

アルヴィンのように、ひとりに一途《いちず》な悪魔のほうが希有《けう》なのだ。

「……何が言いたい？」

いったいなにをしに訪ねてきたのかと、いつもながら悪魔の枠に当てはまらない末弟の行動を訝るクライドに、思いがけない情報がもたらされる。

「ノエルって、黒猫族の子が、イヴリンを訪ねてきてるんですけど――」

アルヴィンの呑気さの一方で、クライドは途端に表情を険しくした。

「……っ!? それを先に言え！」

吐き捨てると同時に腰を上げる。そして吹き抜ける一陣の風。

「兄上!? 待……っ」

アルヴィンの制止は間に合わなかった。クライドの姿は一瞬にして消え、あとには手がつけられないまま放置されたティーカップが残されている。

すっかり冷めたそれを見て、アルヴィンは「あんな兄上はじめてだ……」と驚きとともに呟いた。

そして、その事実に気づいて青くなる。

「まずいよ。あの子に何かあったら、僕がイヴに叱られるっ」

いまや、アルヴィンにとってイヴリンは、兄のクライド以上に怖い存在だった。イヴリンに見捨てられたら、アルヴィンはもう生きていけない。

「兄上を止めなくちゃ！」

慌ててコウモリの姿に変化しようとして、しかし慌てるあまり失敗してしまう。

「あわわっ」

今一度やりなおして、どうにかこうにかコウモリの姿に変化する。絶対に間に合わないと知りつつも、アルヴィンは必死に兄のあとを追った。


ウェンライト家のリビングのソファで、泣き疲れて眠っていたノエルは、その気配を感じて飛び起きた。

パントリーでディナーの準備をしていたイヴリンも、それに気づいて慌ててノエルのもとに駆けつける。

館のアーチ窓から、一陣の黒い風が吹き込んだ。それがかたちを成す前に、ノエルは半ば腰を抜かした恰好のまま、這って逃げようとして……しかし、できなかった。

ぺしゃり！　と、姿のない力によって、上から押さえ込まれてしまったのだ。

そして、旋毛風のなかから現れた人の顔を見て、ノエルは青くなる。

「クライド…さま……」

くっきりと眉間に刻まれた皺、こめかみに浮いた青筋、腕組みをして仁王立ちする美丈夫は、それはそれは迫力がある。

「私の言葉に背いて逃げ込んだ先が、末弟の館とはな」

地を這う声に、ノエルは震え上がった。

「す、すすすすすみませんっ」

ひぃぃ……っ！　と思わず頭を抱えても、猫耳としっぽを装備した姿では、冗談にしかならない。

どうにも反省が薄いように見えてしまうのだ。

そんなことに気づけるはずもなく、ノエルは必死に「ごめんなさい」「すみません」と繰り返す。

そこへ、割って入る隙をうかがっていたイヴリンが、「お待ちください」とノエルを庇《かば》うように間に入った。

「どのような経緯で閣下のもとに御奉公に上がることになったのか存じませんが、この子に限って閣下に背く意思など――」

どういう経緯でノエルがイヴリンのもとに逃げ込むことになったのか、断片的にしか聞き出せなかったけれど、それでもノエルに悪気などあろうはずがない、というのがイヴリンの判断だった。

「黙っておれ。きさまはアレの世話だけ考えていればよい」

これは自分とノエルとの契約の問題だと言われて、イヴリンは驚いた顔でクライドを見上げる。そして、口を噤んだ。

「イヴ……？」

どうして？　と問うノエルは知らなかったのだ。上級悪魔との間にいったん結ばれた契約は、いかなる理由があろうとも、第三者に口出しできるものではない。

「イヴ！」

そこへ、コウモリに変化したアルヴィンがやっと追いついてきて、イヴリンを庇うように変化を解いた。

「兄上？　これはいったい……」

自分の執事は固まっているし、保護した少年悪魔は真っ青になって震えているし、そんな芸当ができるのは、この場でクライド以外にいるはずもなく、アルヴィンが問う眼差しを向ける。

「口出し無用だ。コレは連れてゆく」

クライドの底光りする銀眼がノエルを捉《とら》える。

「ひ……っ」

突発的な行動だった。

悲鳴を上げたノエルがものすごい勢いで逃げ込んだ先は、観音開きの大きな戸棚のなかだった。

クライドいわく、こういうときばかり…のパターンで、魔力でがっちりと鍵を閉めて、閉じこもってしまう。当人にも、どうやっているのかわかっていないのだから、他人に理解できるはずもない。

「ノエル。少しだけ時間をやろう。十数えるうちに出てこい」

クライドの声が、ますます怒気を滲ませる。だがそれにも、ノエルは天岩戸を開かなかった。

『いやですっ。ボクは執事になりたいのにっ、クライドさまのお役に立ちたいのにっ、鳥籠で飼われるペットなんて嫌です〜っ』

うえぇぇぇっ！　と泣きながらも、ドアは開けない。

「私が飼ってやると言っているのだぞ、なにが不満だ！」

上級悪魔のペットとして、充分な贅沢《ぜいたく》を許され、愛でられて生きることの、どこが不満だと言われて、ノエルは真っ暗な戸棚のなか、ますますもって泣き濡《ぬ》れた。

『クライドさまのバカぁっ』

どうしてわかってくれないのかと、おいおいと泣き崩れる。

一方でクライドの眉間の渓谷は険しさを増し、怒りのエネルギーが周辺でバチバチと火花を散らす始末。

「食われたくなかったら、おとなしく出てこい」

これ以上ごねるのなら食ってしまうぞと、告げられたのは最後通牒《つうちょう》。だがそれにも、ノエルは馬鹿正直すぎる言葉を返してしまった。

『ボクなんか食べても美味しくないです〜』

力も弱いし綺麗じゃないし、だからなんの足しにもなりません、と膝を抱える。

「そうか」と、扉一枚隔てた向こうから、低い声が届いた。――と思った次の瞬間、がっちりと閉ざしていたはずの扉が吹き飛ぶ。

「……っ！」

驚いて目を丸くしたときには、すでにクライドの手に捕まったあとだった。

「わ……っ、わわっ」

首根っこを摘まれて、ぷらんっと宙に浮く。耳を伏せ、長い尾を巻いて、ノエルはびくびくとクライドの美貌をうかがった。

「これだけのことができながら、なぜ変化は中途半端なままなのだ」

眉間にくっきりと縦皺を刻んだ顔で言われても、まともに答えられるはずもない。

「ご、ごめんなさいっ」

ノエルには謝るのが精いっぱいで、しかも何を詫びているのかすら、すでに理解できなくなっていた。

ただ、クライドがものすごく怒っていることだけはわかる。クライドの傍にいたいけど、でも怒らせたいわけじゃない。やさしくしてほしいし、役に立ちたい。

ノエルの痩身を肩に担ぐ恰好で、クライドは背を向ける。

「クライドさま……！　ノエル……！」

イヴリンの呼びかけは、一陣の旋毛風に弾かれて、とうのふたりの耳には届かなかった。

呆然とするイヴリンの肩を支えて、アルヴィンは「大丈夫だよ」と微笑む。

「兄上は、あの子を狩ったりしない」

その声は、確信に満ちていた。兄自身が気づいているかはわからないけれど、アルヴィンにはわかる。だって自分も、イヴリンがどこかへ行ってしまったら、きっと我を忘れるだろうから。

「……？」

怪訝そうな顔の執事の眦《まなじり》に、アルヴィンは触れるだけのキスをひとつ。

「兄上の愛情は、昔から少し歪《ゆが》んでるんだ」

僕もよく可愛がってもらった（苛められた）し、とウインクをすると、イヴリンはやっと合点がいった顔で長い睫毛を瞬く。

「もう……心配して損しました」

がっくりと、アルヴィンの胸にへたり込む。

痴話喧嘩など、銀の森の魔獣にでも食わせてしまえばいい。

そんなことを思われているとは露知らず、公爵家の館に舞い戻ったふたりは、どうにもずれた会話をつづけていた。

ランバートは口出ししないことにしたらしい。主の帰着には気づいているはずだが、姿を現さない。さすがは我が執事、賢明な判断だ。

ノエルを担いで連れ帰ったクライドは、己のとった行動ながら不本意だった。もっと優雅に抱き上げて運びたかったものを、ノエルが暴れるからこうするよりなかったのだ。

「お、下ろしてくださいっ、クライドさまっ、鳥籠はいやですっ」

長いしっぽをぶんぶんと振って、ノエルが暴れる。そのしっぽが眼前を過《よぎ》って、クライドはそれをむんずっと摑んだ。

「ひゃっ」

甲高い声を上げて、ノエルは細い背を震わせる。そういえば、黒猫族の急所のひとつだったかと思い至った。

「や、やだっ、放してくださいっ」

半泣きの声が、クライドの胸の奥の方を擽《くすぐ》る。まったくこの子悪魔は油断ならない。

「うるさい。黙っていろ」

「……っ」

一喝すると、ノエルはしゅうんっと耳を伏せて、身体の力を抜いた。くったりと肩によりかかる痩身は、仔猫姿のときとかわらない印象だ。

ずんずんと自室を横切って、つづきのベッドルームへ。

天蓋《てんがい》つきのベッドに抱えた痩身を放り投げると、「うみゃっ」と小さな悲鳴が上がった。中途半端な姿だと、発する声も混じるらしい。

この脳味噌《みそ》のちょっとゆるい子悪魔に、思い知らせてやらなければならない。己がいったい誰のものなのかを。正式に契約を結んで、二度と逃げられなくしてくれる。

その凶暴なまでの感情がどこから湧《わ》くのかも気づけないままに、クライドはベッドの上にへたり込むノエルに手を伸ばす。

「クライド…さま?」

怯えと媚びを滲ませた、大きなエメラルドの瞳が見上げる。潤んだ眼差しと、伏せられた耳、ビクビクと震える長い尾が、胸の奥をむずむずさせる。

まったくけしからんと、クライドは眼差しを険しくさせた。途端、ノエルが青くなって震え上がる。

「ボ、ボク……ボク……」

怯える姿にそそられるのに、腹立たしくもある。命の恩人を怖がるなどと……!

「二度と屋敷から出られると思うな」

一生飼ってやる、と低い声で間近に囁く。ノエルの大きな瞳にじわり…と涙が滲んで、ぷっくりと赤い唇をきゅっと噛むいじらしい仕種。

それに誘われるように、クライドは赤く染まった眦に舌を這わせる。それから、戒めを解くように、噛みしめられた唇に口づけを落とした。


何が起きているのか、理解できないでいるうちに、ノエルは広いベッドの上に組み敷かれ、クライドに与えられた長衣を剝《は》ぎとられていた。

なにもかもすべてクライドが与えてくれたものだから、返せと言われたらノエルには拒めない。けれど、自分から飛び出しておいて勝手だとわかっているけれど、クライドからもらったものを取り上げられるのは悲しかった。

生まれたての雛《ひな》に施されたインプリンティングのように、助けられた瞬間からノエルにとってクライドは絶対的な存在になっていて、もはや世界のすべてだ。

その絶対的な存在に背こうとした罰を、与えられているのだと思った。

悲しくて切なくて、ノエルはえぐえぐと泣きじゃくる。その様子を上からうかがうクライドの銀の瞳には、怒りだろう、爛々《らんらん》と燃える炎が見える。

クライドからそそがれる視線の意味を、何もしらないノエルが取り違えたところでいたしかたないことだ。

一方でクライドは、己を突き動かす情動の根源を認めざるを得ない状況に陥っていた。

そうとは知らずノエルは、無意識にもますますクライドを煽《あお》る行動をとってしまう。

「ごめんなさい……すみません……なんでもしますから、お傍に置いてください。お役に立ちたいんです。見捨てないで……っ」

ひくっと白い喉を喘がせて、ノエルは必死に訴える。

ペットは嫌だけれど、わずかであってもクライドの役に立ちたいけれど、でも捨てられるのは嫌だ。傍にいたい。その手段も見当たらないままに、ノエルは懇願した。

「クライドさま……」

涙に潤んだ瞳で見上げると、クライドはますます険しい表情で、ノエルを見下ろしている。

「誰が捨てると言った？」

「だ、だって……」

唇を震わせると、そこをまた啄《ついば》まれた。

「あ…んっ」

大きな手が素肌を這って、胸の尖りを捉える。

「や……なに？　ひゃ……っ」

小さな飾りを捏《こ》ねられて、ノエルは甲高い悲鳴を上げた。色っぽさとはほど遠いそれが、しかし次第に艶を帯びはじめる。

一見ストイックながら、いったん快楽に堕《お》ちてしまえば存外と淫《みだ》らなのも、黒猫族の気質だ。

ノエルは知らなくても、クライドはそれを知っている。

恐怖だけではないものに打ち震える痩身に、クライドの愛撫《あいぶ》が落とされる。白い肌の上に刻みつけられる痕跡《こんせき》は、淡い痛みとともに、ノエルにはじめて知る快楽を教えた。

「あ…あんっ、どうし…て……」

ただ触れられているだけなのに、どうしてこんな反応が起きるのか。わからなくてノエルは濡れた瞳にさらなる涙を滲ませる。だがそれすらも、クライドを煽るアイテムでしかなく、さらに深い快楽の淵《ふち》に落とされる結果を招いた。

「や……っ、ダメ……っ」

引き裂かれた長衣の残骸《ざんがい》を痩身にまとわりつかせたまま、細い太腿《ふともも》を開かれ、その間に顔を寄せられる。

「い、いや……クライドさま……っ」

逃げを打つ腰を摑み寄せて、クライドは幼い欲望を口腔《こうこう》に含んだ。

「ひ……ぁっ、あぁ…んっ！」

捉われた口中でぴくりと震えて、まだ幼さを残す欲望が快楽を示す。口では嫌だと言いながら、身体はクライドから与えられる刺激に快楽を示し、ノエルの肉体を支配しようとしていた。

「は……ぁっ、……んんっ！」

慣れないノエルは、あっという間に頂に追い上げられてしまう。

「や……ダメっ、クライド…さま、放し…てっ」

クライドの口中に放ってしまうなんて、そんなことできない。悲壮な思いで拒むものの、クライドは放してくれなくて、とうとうノエルは絡みつく舌に唆されるまま、クライドの口中に情欲を放ってしまった。

「あぁ……んっ！」

ビクビクと痩身を震わせて、ノエルは快楽に喘ぐ。残滓《ざんし》まで絞り取るように舌を這わされて、細い腰が淫らに戦慄《わなな》いた。

「あ…ぁ……っ」

か細い喘ぎが、白い喉を震わせる。

頭の芯《しん》がボーッとしてしまって、もう何も考えられない。

するとと今度は、力をなくした太腿を抱えられ、やわらかな内腿に唇を落とされる。強く吸われて、ピリリッとした痛みが走った。

「ん……っ」

むずかるように身体をくねらせて、素肌を擽る長い黒髪に指を這わせる。

すると今度は、くったりと力をなくした痩身を抱き上げられ、膝に抱え込む恰好で、両脚を割られた。

「あぁ……っ！」

大きな手が、またも局部をまさぐる。敏感になった欲望は瞬く間に頭を擡《もた》げて、先端から淫らな蜜を滴らせはじめる。

前から滴った蜜をまとった長い指が後孔を暴きはじめて、その意味を理解しかねたノエルは、驚きと困惑を大きな瞳に滲ませ、背後を仰いだ。

「クライド…さま？」

なにを？　と問う言葉を紡ぐ前に、長い指が内部を探りはじめる。

「ひ……ぁっ、痛……っ」

狭い場所を容赦なく拓《ひら》かれて、小さな悲鳴を上げた。だがそれも、内部の感じる場所を擦られて、甘ったるい喘ぎにかわる。

「や……ぁっ、あぁ…んっ！」

ぐちゅっぐちゅと、厭《いや》らしい音を立てて、指が抜き挿しされる。ノエルは甘ったるい声を上げて、与えられる刺激を甘受した。

もはや触れられることなく、ノエルの欲望は頭を擡げ、透明な蜜を滴らせている。奥まで滴ったそれが、後孔を穿《うが》つ指の動きを助け、快楽を深くする。

「クライド…さまぁ」

身体の奥から湧きおこる熱を持て余して、ノエルはクライドの広い胸に縋った。

「助け…て……っ」

身体が熱くてたまらない。指に嬲《なぶ》られる奥が疼《うず》いてつらい。

「おねが…い……っ」

必死の懇願にも、クライドは目を細めて無言のまま。そのかわりに、奥を嬲る指をぐりっと蠢《うごめ》かされて、ノエルははたはたと前から雫《しずく》を滴らせた。

「ひ…ぁっ、あぁ……っ！」

戦慄く内部を、容赦なく抉られる。達したばかりの敏感な肉体は、すぎた快楽を苦痛としか受けとめない。

逞《たくま》しい首にひしっと縋って、全身を襲う痙攣《けいれん》に耐える。そのノエルの耳朶《じだ》に、クライドは低い恫喝《どうかつ》を落とした。

「つらいか？」

ノエルはこくこくと必死に頷いた。

「ならば誓え」

そう言われて、ノエルは「なにを？」と問うように大きな瞳を瞬かせる。

「一生私の手元にあると」

それは、ペットとして鳥籠に捕らわれ、愛でられる一生を送れという意味だろうか。それはすごく悲しいけれど、悲しいはずなのだけれど、でももうノエルは何も考えられなくなって、思考を滞らせる。

「ずっと、お傍にいさせて……っ」

ただそう返すだけで精いっぱいだった。クライドは、目を細めて「よかろう」と尊大に返す。ノエルはほっと安堵して、クライドにしがみついた。

「クライドさまっ」

快楽に蕩《とろ》けた瞳で見上げると、ぴくぴくと震える耳を大きな手が撫でた。しっぽもなぞられて、細い背中をゾクゾクとした感覚が駆けのぼる。

「あ……あっ、ダメ…ぇっ」

後ろが疼いて、ノエルは細い腰を揺らした。無意識にも誘うように、クライドに身体をすり寄せて甘える仕種は、まさしく猫そのものだ。

ノエルに腰を跨《また》がせる恰好をとらせ、クライドは下から滾《たぎ》った欲望をあてがう。蕩けた場所が灼熱《しゃくねつ》を捉えて、淫らに戦慄いた。

「は……ぁっ、や……っ」

長い指が、双丘を割るように臀部《でんぶ》に添えられて、そこにじわじわと埋め込まれる熱塊。

はじめて受け入れるそれは、許容量を大きく逸脱して、ノエルに苦痛を与える。けれどそれも、白い喉に食らいつかれ、長い指に前をあやされて、たちまち濃い快楽にすり替わった。

「ひ……っ！」

「あ……ぁっ、ひ……っ！」

腰骨を摑んで揺すられ、下から力強く突き上げられて、ノエルの痩身がクライドの膝で踊る。

与えられる欲望に翻弄《ほんろう》されるままに声を上げていた痩身が、やがて自ら快楽を貪りはじめる。

喜悦に染まったエメラルドの瞳には、幼い姿に不似合いな濃い情欲が滲む。

滑らかな肌に、クライドは濃い痕跡を刻みつける。貴族の、所有の証だ。

それらを甘受して、ノエルは広い背に可愛らしい爪を立てた。そして、背を仰《の》け反《ぞ》らせる。

嬌声を迸《ほとばし》らせる唇から覗く小さな牙。

ぴくぴくと震える耳。

細い背が戦慄き、長い尾が快楽を示して撓《しな》る。

「ひ…ぁっ、――……っ！」

思考が真っ白に染まったと思ったと同時に、最奥《さいおう》に熱いものが叩きつけられた。それがクライドの情欲だと気づいて、全身を羞恥と快楽が駆け巡る。

「……っ！　あ…ふっ」

甘ったるいため息。物足りなさを訴える肉体。

「こういうところだけは、黒猫族の血が濃く出ているようだな」

耳朶に落とされる揶揄《やゆ》が、ノエルの潤んだ瞳に涙を滲ませる。

「ひど……っ」

ひどい！　と詰《なじ》る唇は、深く合わされる口づけに塞がれて、ノエルは背中からシーツに引き倒された。

「あぁ……っ！」

いったんゆるんだ繋《つな》がりを深められて、悲鳴が迸る。

「クライドさまぁ……」

甘ったるく呼ぶ声に滲む媚びは、無意識のものだ。ノエルには、もはや何を考える余力も残っていない。

「ダ…メ、奥が……熱い、よ……」

抉られ突かれる内部が疼いてたまらないと、淫らすぎる訴え。幼い容貌でなされるそれは、ある種の背徳をまとって、クライドに凶暴な熱を呼び込む。

「けしからんな」

そんな誘い方をどこで教わったのかと、濡れ衣《ぎぬ》でしかないことを言われ、じわじわと嬲られる。

「や……ぁっ、ひ……っ」

ノエルが泣きじゃくっても、クライドは許さなかった。半ば意識を飛ばしても、深い場所を突かれ、その痛みで覚醒《かくせい》を促される。

時間の感覚を失うほどに嬲られて、ノエルは幼い肉体に深い快楽を覚え込まされ、クライドの所有の証を刻まれた。

「できそこないの黒猫族など、ほかに行き場所はない。二度と逃げようなどと思わぬことだ」

くったりと力をなくしたノエルを腕に抱いて、クライドはそう言った。

ほとんど思考を滞らせた状態であっても、その言葉はノエルの鼓膜にしっかりと届いて、快楽に火照っていた身体は、瞬く間に熱を冷ます。

とうとう自分は、なんの役にも立たない、ただ飯食らいになってしまったのだ。そう思ったら、悲しくて切なくてたまらなかった。なのに、クライドから与えられる快楽は幼い肉体に罪な快楽を刻みつけて、もはや逃れられそうにない。

「クライドさまぁ」

切なさを噛みしめて、ノエルはきゅうっとクライドに縋る。

「そうだ。おまえは、私の腕のなかで、こうしていればいい」

耳朶を擽る甘い声も、このときのノエルには、低い恫喝にしか聞こえなかった。自分のできが悪いから、こんな扱いを受けているのだと、何も知らないノエルは思ってしまったのだ。

5

ボロボロになった長衣を身体に巻きつけた恰好で、ノエルはとぼとぼと銀の森を歩く。

今日は満月ではないけれど、でも銀の森には大型魔獣が棲みついているから、なかにはノエルのようなできそこないでも、美味しく食べてくれる魔獣がいるだろう。

クライドに嬲られて、ずっと傍にいるように約束させられたというのに、ノエルは館を抜けだして、銀の森にやってきた。

役立たずでただ飯食らいの自分など、クライドの手を煩わせるまでもない。森の魔獣に食われてしまえばいい。最初から、食われてしまうべきだったのだ。クライドに助けてもらう価値などなかった。

そんな悲壮な考えにとらわれて、ノエルは館を飛び出し、銀の森までやってきた。

どうせ自分はまずいから、クライドに狩らせるのは申し訳ない。どのみち、たいしたエネルギーの足しにもならないのだし、このまま森のなかに消えてしまったほうが後腐れもない。

クライドに抱かれたことの意味とか、与えられた口づけに込められるものとか、言葉が足りない上、わかりにくいクライドの態度の意味をただしく理解するには、ノエルは幼すぎた。

結果、クライドの真意をことごとく真逆に受けとめて、またも銀の森に入るという、馬鹿な行動に出てしまったのだ。

空には、イヴリンの額に浮かぶ銀毛に似た細い三日月が浮かぶ。

綺麗だなぁ…と、それを見上げていたら、茂みの奥で、ガサガサと下生えを踏みつぶす音がした。

大型の魔獣が進んでくる音だ。これでやっと食われることができると、ノエルは覚悟を決めてぎゅうっと目をつぶる。

だが、漂ってきた独特の匂いに気づいて、おそるおそる目を開けた。

「……っ！」

のーん！　と見上げるほどの高さからノエルをロックオンしていたのは、だらだらと淫液《いんえき》を滴らせる、長い触手をもつ淫魔。姿かたちは肉食大青虫に似ているが、頭なのか食指なのか、先端がいくつもに枝分かれしているのが特徴で、胴体の途中からも、枝のように触手が何本も伸びている。そのくせナメクジのように地面を這うことができて、存外と早いスピードで走れるのも特徴だった。

顔などないのに、厭らしいスケベ面を浮かべていることがわかってしまう姿かたち。その最低最悪の淫魔が、ノエルを狙っている。

「うそ……！」

なんで!? と叫んで、ノエルは一目散に逃げ出した。

以前、銀の森に入ったときには、淫魔はノエルに無反応だった。自分のようなちんくしゃな子どもには、淫魔すらもそそられないのかと悲しい気持ちになったのを覚えている。なのに今、触手淫魔が涎《よだれ》を垂らして追いかけてくるのはなぜ!?

クライドによって快楽を教えられた肉体が濃いフェロモンを発していることになど気づけないノエルは、「食われるのはいいけど、犯されるのは嫌ぁ～!」と、必死に逃げ惑う。

すると、茂みの陰からさらに何頭もの触手淫魔が現れて、ノエルを追いかけはじめた。

人型のままでは限界がある。

「えいっ!」

猫の姿になって駆けたほうが早いと判断して、変化しようとしたのだけれど……。

「えぇぇ……!」

こんな場面においても、猫耳しっぽの中途半端な姿に変化してしまって、ノエルは慌てた。

「うそっ、うそうそうそぉ～!」

絶体絶命のピンチでも、まともに変化できないなんて!

自分のできそこないぶりに悲しくなって、ノエルは半泣きで必死に駆ける。

「やだやだっ、助けて……誰か……」

助けてほしい誰かなど、ひとりしかいない。

「誰か……クライドさまっ、……クライドさま……っ！」

必死に大切な人の名を呼んだときだった。

背後からどどどっ！　と追いかけてきていた触手淫魔が、一閃《いっせん》の雷に焼かれて塵《ちり》と消える。

「……っ!?」

驚いて足を止めたノエルの背後に、怒りに火花を散らしたその存在は下り立った。

「……」

たらり……と、ノエルは冷や汗を滴らせる。

「学習能力のない馬鹿猫が」

低く地を這う怒気が、ノエルの全身を包み込んで、しっぽと耳の毛を逆立てる。

恐る恐る背後を振り返ったノエルは、そこに見た姿に飛びあがって、脱兎《だっと》のごとく逃げ出した。

「ひぃぃぃぃ……っ！　ごめんなさい〜〜〜っ！」

触手淫魔に追われたときには、中途半端な変化しかできなかったというのに、鬼の形相で仁王立ちするクライドを目にした途端、ノエルは完全な猫の姿に変化して、一目散に逃げ出した。

その反応が、クライドの片眉《まゆ》をピクリと跳ねあげる。

「助けを呼んでおきながら、なぜ逃げる」

低い声とともに、ノエルは首根っこを摘まれて、ぷらんっと四肢を投げ出した。

「わわっ！」

大きな銀色狼の姿に変化したクライドが、大きな口で仔猫のノエルの首根っこを咥えたのだ。

「ひぃぃ〜〜〜っ」

真っ青になって、ノエルはしっぽを丸め、ガタガタと震える。

「きさま……」

よくもそんな態度がとれるものだと、クライドはこめかみにピキリッと青筋を立てた。巨大な狼の姿でそんな反応をされると、本当に怖い。大きな口にひと呑みにされそうだ。

「この馬鹿がっ！」

一喝されて、お仕置きされると思いきや、べろんっと大きな舌に舐められる。

「ひゃっ」

ころんっと転がったノエルは、クライドの前肢の間の毛に埋もれた恰好で、その顔を仰ぎ見た。

「クライド…さま？　……ひゃあっ」

ぐりぐりと、鼻先で腹を擽られ、全身をべろべろと舐められる。

「……ったく、なんでもかんでも懐かせるからこうなるのだ」

呆れた声音で言われて、ノエルはきょとり…と目を見開いた。

「懐く？」

どういう意味かと問う眼差しで見上げると、クライドは多少面倒くさげに言葉を足す。

「それがおまえの特別な力だ。先に森に入ったときにおまえを追いかけてきた肉食大青虫にも、おまえを食らう気などなかったろう」

クライドに助けられたときのことだ。でもあのとき肉食大青虫は、たしかにノエルを餌としてロックオンしていたと思ったのだけれど……遊びたかっただけ？　あれが？

「え？　じゃあ、触手淫魔も？」

呑気に尋ねると、クライドの眉間の皺が深まった。

「……やつは話が別だ」

嬲り殺されることはないが、別の意味で食われることになる、とクライドが渋い顔で言う。

ノエルは、言われた言葉の意味を噛みしめるように、大きな瞳を瞬いた。それから、ノエルの声を聞きつけて、クライドが駆けつけてくれたことの意味も……。

「ボク、役立たずだから、ペットにされるんだと思って……なんのお役にも立てないボクなんか、消えたほうがいいと思って、だから……っ」

そうではなかったのだろうか。クライドは、ただ傍にあればいいと、そういう意味で言ってくれていたのだろうか。

無理をして、なにがなんでも執事として勤めようとする必要はない。ノエルはノエルらしく、できることをして、自然体でその場にあればいい、と……。

「きさまは契約の意味もわからんのか」

深い長嘆とともに、ノエルを懐に抱いた恰好で、銀色狼は軀を伏せる。そして、今一度ノエルの小さな頭をぺろんっと舐めた。

「くすぐったいです」

とろんっと潤んだ瞳で、ノエルはクライドを見上げる。精悍《せいかん》な狼は、見た目は怖いけれど、ふかふかの毛は温かくて、羽根兎のベッドよりも寝心地がいい。

「ボク、お傍にいていいんでしょうか」

尋ねると、クライドは不愉快そうに目を細めた。

「その口でそう誓っておきながら、舌の根も乾かぬうちに反故《ほご》にするというか？」

凄まれて、ノエルはふるっと首を横に振った。

たしかに、クライドに請われて、傍に居させてほしいと懇願したのはノエルのほうだった。けれどやはり、ペットとして愛でられるだけなのは嫌なのだ。なにかひとつでもいいから、クライドの役に立ちたい。

「傍にあれば、それでいいと言っている」

「でも……」

「二度と勝手は許さん」

追い縋る言葉は、べろんっと舐められて遮られる。

「ならばこれからは毎夜、私のベッドで私の抱き枕になるがよい」

すると、ぽんっ！　と弾ける音とともに、ノエルの変化が解ける。同時に、クライドも人型に戻っていた。

クライドの腕に姫抱きにされた恰好で館に連れ戻される。

「クライドさま？」

ベッドに連れ込まれて、懐に引き寄せられた。

「きさまのせいで寝不足だ」

憮然と言って、クライドは先の言葉どおり、ノエルを抱き枕に目を閉じてしまう。

「ボクのせいじゃないと思うんですけど……」

はじめてなのに、容赦なく嬲られたのは自分のほうであって、クライドは己の欲望を満たしていたではないか。

そんな不服を滲ませると、ノエルを抱いていた腕の囲いが狭まって、ころんっと身体を反転させられる。

「主に意見するとは、いい度胸だ」

「ひゃあっ」

いまだ、昨夜の衝撃を残した肌に手を這わされて、ノエルは高い声を上げる。クライドは「色気のかけらもないな」と嘆息した。

「うう……」

どうせ自分なんか、でき損ないのちんくしゃで…と瞳を潤ませるノエルに、なぜか満足げな笑みを向けて、クライドは長い睫毛に口づけを落とす。

「まぁよい。仕込み甲斐があるというものだ」

そして、広い胸に引き上げるように抱いて、ノエルの頬を大きな手でやさしく撫でた。

「クライドさま……あんっ」

双丘を揉《も》まれて、ノエルは甘ったるい声を零す。

「覚えはいいようだな」と耳朶に揶揄を落とされて、しかしノエルは嬉しそうに「本当ですか？」と返した。

どんなことでも、褒められたのが嬉《うれ》しかったのだ。ノエルには、これまでずっと無縁の言葉だったから。

しかし、長嘆とともに「けしからんやつだ」と毒づかれて、またもしゅうんっと肩を落とす。

「ボク、なにをしたんでしょうか？」

けしからんと言われる理由がわからなくて、ノエルはエメラルドの瞳を瞬かせる。

「それがわかるようになるのが、まずは第一段階だな」

クライドは愉快そうに言って、ノエルの痩身に手を伸ばしてくる。

この夜から、使用人の部屋を引き払って、ノエルはクライドの部屋でずっと一緒に暮らすことになった。

けしからんと言われなくて済むようになるまで、がんばってみることにする。

そんな日はきっとこないことをノエルが知るのは、もっとずっとあとになってからのことだった。

エピローグ

今日も今日とて、ノエルはちっとも言うことを聞いてくれない使役獣と、ほぼ半日にらめっこしていた。

「お皿運んでよぉ」

テンは、一緒に遊ぼうと言うといくらでも言うことを聞いてくれるのに、仕事を言いつけると聞こえないふりをする。

ほかの使役獣も皆同じで、ランバートは「あせらなくていいのですよ」と言ってくれるものの、ノエルは毎日懸命だった。

そんなノエルの姿こそが、公爵閣下の目を楽しませていると、当人は気づいていない。だから何もしなくていいと言われたものの、どうしても執事になる夢を捨てられないノエルは、とうとうクライドから「執事見習いとして仕えよ」との言質をとった。そうして、毎日毎日、悪戦苦闘しているのだ。

「ノエルさん、ここはもういいですから、クライドさまにお茶を運んでください」

今日はお庭で読書をしてらっしゃいます、とトレーを渡されて、ノエルは「はい！」と大きく頷いた。

「お茶のお相手もしてきてくださいね」

「はぁい」

ティーポットやお菓子ののった大きなトレーを、庭のテーブルに運ぶのには、やっと最近なれてきた。お茶を零さず運ぶのは、なかなか大変なのだ。

クライドの前に大きなトレーを瞬間移動させて、自分も跳躍する。

だが、ちょっとだけ目測を誤って、ノエルはクライドの膝の上に移動してしまった。

「わぁっ」

トレーはちゃんとテーブルの真ん中にのっているのに、自分をうまく飛ばせないなんて……。

「す、すみませんっ」

読んでいた本をぶちまけられ、テーブルの上に積み上げていた書物もそこらに放られて、クライドが長嘆を零す。

「あの……」

次からは気をつけます…と、もじもじすると、クライドはノエルの痩身を抱き寄せて、額を指先でつんっ。

ぽんっ！　と弾ける音とともに、ノエルは猫耳しっぽの中途半端な姿に変化した。

「や、やだっ、もとにもどしてくださいっ、クライドさまっ」

ノエルが嫌がる顔が見たいのもあるが、何気にこの姿を気に入っているクライドの、いつの間にか定番の悪戯《いたずら》となっていた。

ノエルは半泣きで、クライドに「戻して」と縋る。

その愛らしい唇に、キスがひとつ。すると、ごろごろと喉を鳴らす痩身は、広い胸にくたりと沈む。

「クライドさま、大好き」

甘ったれた声が、甘ったるい言葉を紡ぐ。

クライドはいつも眉間の皺を深めるけれど、それは不快に感じてのものではないことに、最近になってようやく気づきはじめたノエルだった。

マタタビの誘惑
――ノエル編――

1

果てしなくつづく悪魔界。

銀色の月の浮かぶ藍色《あいいろ》の空と、荘厳な館《やかた》のシルエット。

貴族の館の証《あかし》である高い塔のアーチ窓に揺れる燭台《しょくだい》の明かりの下、公爵位を持つ上級悪魔の館に不似合いな、なんとも長閑《のどか》な光景が繰り広げられている。

「ねぇ、火熾《おこ》してよぉ。じゃないと、ご飯がつくれないでしょう？」

パントリーの石窯《いしがま》に棲《す》みついた火吹きイグアナを宥《なだ》めて賺《すか》して、なんとか窯の火を熾そうと四苦八苦する執事見習いの姿が一匹……いや、ひとり。

首に巻きついて遊んでくれとじゃれるシマシマ模様のテンをあやしつつ、ノエルは今日も、まったく言うことを聞いてくれない小型魔獣相手に、使役令の特訓に明け暮れている。

この館の主《あるじ》であるクライドの散歩について森に入ったとき、たまたま目が合った火吹きイグアナが館までついてきたから、使役獣として働いてくれる気があるかと思いきや、首に巻きつくテン同様、遊んでくれとねだるばかりでちっとも働いてくれない。

　悪魔界において凶暴で知られる小型魔獣も、ノエルには懐いてくれる。それはノエルの特殊な能力なのだから活用しない手はないと執事の師匠であるランバートは言うのだけれど、使役獣として働いてくれなければ意味がない。どの子もみんな可愛《かわい》くて、懐いてくれるのは嬉《うれ》しいけれど、でもそれだけではダメなのだ。

「もう～、なんでみんな言うこと聞いてくれないの？　じゃれてないで、お皿片付けてよっ」

　首に巻きつくテンに目を移せば、ノエルの懇願が聞こえていないはずはないのに、とぼけた顔でノエルの頰をペロリと一舐《ひとな》めして小首を傾《かし》げる。「きゅい」と、返事だけはいいのだが、働く気はナッシングだ。

「あのね、皆が働いてくれないと、僕はいつまで経《た》っても執事見習いのままなんだよ。クライドさまのお役に立てないんだよ？　役立たずのままじゃ、お館にいられなくなるかもしれないでしょう？　お願いだから働いてよぉ」

　ノエルの必死の懇願にも、二匹はまったく聞く耳をもってくれない。顔を見合わせて小首を傾げることしばし、テンはノエルの首に巻きついた恰好《かっこう》のまま完全にマフラーと化してしまうし、火吹きイグアナは窯の前に陣取って躯《からだ》を伏せてしまった。昼寝の体勢だ。

「あ！　こら！　寝ちゃダメ！」

揺すっても、長い尾を一振りして応《こた》えるだけで、目を開けようとはしない。

遊んでくれると思ったからついてきたのに…と言わんばかりの態度だ。それでも凶暴で知られる火吹きイグアナか！　と言いたくなる。

「もう〜〜〜っ」

お願いだから〜と、ノエルがふてくされはじめても二匹は無反応。シマシマのテンを首から下げた恰好で、ノエルはガックリとパントリーの床にくずおれた。

「みんなの意地悪……」

ううう……と悲嘆に暮れていると、どこからともなく羽根兎《はねうさぎ》の群れがやってきて、ノエルを慰めようとするかのようにわらわらと膝《ひざ》に群がった。

ひたすら可愛い以外になんの役にも立たないと言われる羽根兎だが、だからこそ癒《いや》し効果はすばらしい。悪魔に癒しが必要かどうかは、この際、議論の枠の外に置いておくことにする。

「慰めてくれるの？」

一匹を抱き上げると、鼻先をひくひくさせ、長い長い耳をふわりと揺らす。その耳を蝶々《ちょうちょう》結びにしてやると、嬉しそうに飛び跳ねた。黒いゴム毬《まり》のようだ。

すると群れの羽根兎たちが、自分も自分もとノエルの胸元によじ登ってねだりはじめる。

羽根兎は、気に入った相手に耳をいじられるのが大好きなのだ。気に入らない相手に同じことをされると、すぐに解いてしまうのだが、気に入った相手にされたものは、自然にゆるんで解けるまで、嬉しそうにそのままにしている。

「わわ……ちょっと待ってね」

順番にね、とノエルが羽根兎にかまけていたら、その様子を傍らで見ていたテンが、いきなり羽根兎に向かってシャーッと牙《きば》を剝《む》いた。

「ぴゃーっ」

驚いた羽根兎たちが、わらわらと逃げ惑う。

するとそこへ、今度は窯の前で寝ていたはずの火吹きイグアナが、大きな口を開けて襲いかかった。

「えぇえ……っ!?　ちょ……なに……っ!?」

最初に牙を剝いたテンは羽根兎に嫉妬《しっと》しただけのようだが、火吹きイグアナは完全に羽根兎をロックオンしている。

「ちょ……兎ちゃん食べちゃダメ！」

慌てたノエルが火吹きイグアナから羽根兎を庇《かば》うと、またもテンが牙を剝いて仁王立ちする。

「もうっ、あとで遊んであげるから、今は――」

どこから収拾をつけていいかわからず、ノエルはパニックに陥る。

羽根兎が一羽、火吹きイグアナの長い舌に捕まった。そのまま丸焼きにとばかり火を吹こうとしていることに気づいて、ノエルは咄嗟《とっさ》に魔力を使う。——が、猫の姿にまともに変化もできないノエルに、魔力のコントロールが利くはずもない。

「ダメだってば——っ！」

ど——んっ！

荘厳なライヒヴァイン城を揺るがす轟音《ごうおん》が轟《とどろ》いて、パントリーのアーチ窓が吹き飛んだ。

居室で執務にあたっていたクライドも、敷地内のワイナリーで血赤葡萄《ぶどう》のワインのできをみていた老執事のランバートも、そして館に棲まう数多くの魔獣たちも驚いて一斉に騒ぎ出す。

「なにごとか！」

クライドの一喝が館のみならず、あたり一帯に響き渡って、先の爆発音には無反応だった闇《やみ》の森の魔獣たちが驚いて震えあがった。

だが、つづくやりとりが銀の月の浮かぶ夜空に響くに至って、慌てふためいていた魔獣たちが急速に静まっていく。

「この馬鹿《ばか》猫が！」

「ごめんなさい——いっ！」

うみゃみゃみゃみゃぁあ〜〜っ！　と、仔猫《こねこ》の雄叫び。

ピッシャ——ンッッと館の塔に雷が落ちて、一瞬の閃光《せんこう》。

直後にあたりは静けさを取り戻して、藍色の空にはかわらず銀の月が浮かぶ。

高い塔の先端で、斥候《せっこう》烏《カラス》が実に退屈そうに、くああっと大きなあくびをした。


膝に丸くなった羽根兎、首にはテンをぶら下げた恰好で、ノエルはパントリーの床に正座させられていた。

チェアに足を組んで座り、気だるげに頬杖《ほおづえ》をつくクライドの、呆《あき》れた視線が怖い。

膝の上でもじもじと羽根兎を転がして、首に巻きつくテンの毛先をいじり、上目遣いにクライドをうかがって、怒りが冷めていないのを見てまたもじもじと羽根兎を転がす。その繰り返し。

「何度めだ」

「……えっと」

言い淀《よど》むと、クライドの銀眼が、くわっと見開かれた。

「三十三回めだ！」

ノエルがライヒヴァインの館で正式に執事見習いとして勤めはじめて、やらかした失敗がさきほどので三十三度めだという。まだそれほどの日数が経っていないにもかかわらず、だ。

「すみません～～～っ」

長い躯を持つテンを頭にくるりと巻いて、なんとかクライドの怒りから逃げようとするも、かなうわけがない。

「できないことをやろうとするなと、何度言ったらわかる！」

「でも……」

「いいわけは要《い》らん！」

ぴしゃりと言われて、ノエルは耳をぺしゃり…と伏せた。

ちなみに今のノエルは猫耳しっぽを装備した中途半端な姿だ。

パントリーを吹き飛ばした直後にやってきたクライドに見つかるやいなや、この姿にされて、すでに小一時間も正座させられている。

「次こそペットにするぞと、つい昨日、言ったばかりだな」

「……っ!?　そ、それは……っ」

サーッと青くなって、ぶんぶんと首を横に振る。

「ペットはいやですぅ～っ」

羽根兎をぎゅむっと抱いて、テンを肩にはべらせ、クライドの足下に縋《すが》って懇願する。

「もうしません！　絶対にしません！」

絶対に失敗をやらかすと、自分でもわかっていながら、次こそ大丈夫だからとお願いするよりほかない。

猫耳しっぽ姿のノエルと、長い耳をちょうちょ結びされた羽根兎と、ノエルの首にぶら下がったシマシマ模様のテンと。三匹……いや、ひとりと二匹にじぃぃぃ…っと見上げられて、クライドは指先でズキズキと痛むこめかみを押さえ、深い深いため息をついた。

「どうかこのへんで」

もうよいではありませんかと、老執事のランバートが、使役獣たちに散らかったパントリーの片づけをさせながらニコニコと言う。

羽根兎を食おうとした火吹きイグアナも、ランバートに命じられて、先住民の蜷局《とぐろ》サラマンダーと一緒に、今はおとなしくせっせと窯の火を熾している。

結局面倒《めんどう》を引き受けることになるランバートがそう言うのなら…と、クライドはまだまだ言いたりない苦言を、ひとまず引っ込めた。

「……もういい。その煤《すす》けた顔を洗ってこい」

パントリーを吹き飛ばしたときに、ノエルはすっかり埃《ほこり》をかぶっていた。

「クライドさま……」

見捨てられたのだと、ノエルが大きな瞳《ひとみ》を潤ませる。

クライドのこめかみに、今度こそピキリッ！　と青筋が立った。

「クビだなどと誰《だれ》も言っておらん！」

行間を酌め！　空気を読め！　と雷を落とされる。

「みゃぁあぁぁぁっ！」

仔猫の姿に強制的に変化させられ、クライドの手に首根っこを摘《つま》まれた。

「うみゃぁんっ」

しっぽを丸め、耳をぺしゃりと伏せて、エメラルドの大きな瞳でクライドを見やる。

「……ったく、手のかかる」

黒毛の煤けたノエルを肩に、クライドは一陣の風とともにパントリーをあとにする。

残されたテンと羽根兎は、顔を見合わせ「きゅい」と小首を傾げて、それからランバートの肩にするするとよじ登った。

「心配いりません。さ、ここを片づけてしまいましょう」

ほくほくと言うランバートに命じられて、テンはさきほどからせっせと働く群れに加わる。羽根兎は館の内庭に群れる仲間のもとへとぴょんぴょんと跳ねていった。

ノエルはというと、仔猫の姿のままいきなりざっぷん！　と風呂《ふろ》に放《ほう》り込まれ、「みぎゃあっ」と半泣きで必死に猫かきをしまくる。

腕組みをして仁王立ちしたままのクライドに、魔力によって泡だらけにされ、耳先からしっぽの先まで洗われて、また首根っこを摘まれた。

水に濡《ぬ》れた猫ほどみすぼらしいものはない。

しゅうんっと肩を落とすノエルの毛を指先ひとつで乾かして、艶《つや》を取り戻した黒毛に満足げに頷《うなず》き、クライドが額に浮かんだ星形の銀毛をつつく。

ぽんっ！　と弾《はじ》ける音とともに、ノエルは人型に変化する。……いや、猫耳としっぽはついたままだ。

「クライドさまぁ……」

恨めしげに見やるノエルのふくれっ面に、クライドがニンマリと口角を上げた。公爵閣下お得意の悪戯《いたずら》……いや、いじめだ。ノエルの嫌がる顔が、クライドはいっとうお気に入りなのだ。

「役に立たんきさまなど、その姿で充分だ」

素っ裸のノエルを長衣にくるんで片腕に抱き、クライドは居室へ足を向ける。

「ううう……」

すっかり拗《す》ねきったノエルは、クライドの首に縋って、ぐりぐりと額を擦《こす》りつけた。猫が甘える仕《し》種《ぐさ》に、クライドが目を細める。

「きさまはきさまにできる仕事をしておればよい」

そんな言葉とともに、ぽすっとベッドに放られる。そして、クライドの膝に引き上げられた。

「これはお仕事ではないです」

大きな手に頬を撫《な》でられて、ゴロゴロと喉《のど》を鳴らしながらも、口を尖《とが》らせる。

「ではなんだ？」

愉快そうに問う。その目が意地悪だ…と思いつつも、ノエルは逆らえない。

「……えっと……」

真っ赤になって、耳をぴるぴると震わせる。猫が長い尾を左右に揺らすのはご機嫌な印だ。

どんなに意地悪をされてもクライドが大好きで、だからなにをされても嫌じゃないし、嬉しいのだけれど、でも恥ずかしくて、ノエルはエメラルドの瞳を揺らし、長い睫毛《まつげ》を伏せた。

「……クライドさまの意地悪」

恨めしげに呟《つぶや》くと、クライドの銀の瞳がスッと細められた。

「生意気を言うようになったな」

仕置きが必要だと愉快な笑いを転がす。

「うにゃっ」

喉を擽《くすぐ》られて、甘ったれた声が漏れた。

「うにゃぁんっ」

しっぽを撫でられて、くったりと身体から力が抜けてしまう。なのに長い尾は、もっと撫でて、もっと遊んでと言わんばかりにご機嫌に揺れて、それがなかなかかなえられないと知ると、早くと急《せ》かすようにクライドの手に巻きついた。

「なにをねだる？」

「や……んっ」

しっぽの付け根をなぞられて、甘く喉を震わせる。

執事としてストイックに主に仕えるのを生業とする黒猫族だが、心を許した主に求められれば、ストイックさの裏の奔放さも妖艶《ようえん》さも露《あら》わにする。

仔猫の姿にしか変化できない執事見習いのノエルだが、クライドによって教え込まれた快楽には従順だった。ほかの誰でもない、大好きなクライドの手から与えられるものなのだから、抗《あらが》えるはずもない。

幼さの残る肉体に、クライドの手が悪戯をしかける。反応を見せはじめた淡い色の欲望を指先であやし、胸の上でつんっと存在を主張するピンク色の尖りを爪先《つめさき》でひっかく。

「あ……ぁあっ、ダメ…ですっ」

ぷるぷると耳を震わせて訴えても、クライドは愉快そうに口許《くちもと》をゆるめるだけ。逆に刺激を強められて、ノエルはクライドの長衣に爪《つめ》を立てて縋った。

「ひ……ぁんっ、ダメ……ダメ、ですっ、出ちゃ……っ」

クライドの手を汚すのを恐れて懸命にこらえようとするものの、あっさり追い上げられて白濁を放ってしまう。

「あ……ぁっ、……んんっ」

長い尾でクライドの腕にぎゅっと絡って、首にまわした腕で長衣の上から爪を立て、ノエルは痩身《そうしん》を痙攣《けいれん》させる。

額に落される口づけが心地好《よ》さを誘って余韻を引きずらせ、ノエルは長い睫毛をふるりっと揺らした。

「クライドさま……」

物足りなさを訴える肉体をすり寄せると、ノエルの言いたいことなどわかっていながら、クライドは「なんだ？」と惚《とぼ》ける。

「もっと……」

もっと触ってほしいと、長い尾を巻きつけてクライドの手を引いた。

エメラルドの大きな瞳も饒舌《じょうぜつ》だが、それ以上にしっぽは素直だ。なのに口ではハッキリと言えなくて、もごもごと口ごもってしまう。恥ずかしくて、逞《たくま》しい肩に額をぐりぐりと押しつけると、クライドが喉の奥で愉快げな笑いを転がした。

「躾《しつけ》が足りんようだな」

「うにゃんっ」

ベッドに引き倒されて、白い太腿《ふともも》を開かれる。恥ずかしい場所をしっぽで隠そうとしたら、軽く払われて露《あら》わにされてしまった。

吐き出した蜜《みつ》にしとどに濡れる場所にクライドの長い指が沈む。

「あぁ……んっ」

甘ったるい声を上げて腰を揺らし、ノエルは細い身体をくねらせる。その反応に目を細め、クライドは幼さの残る肉体に淫靡《いんび》な行為をしかけていく。

長い指に内部の感じる場所を擦《こす》られて、ノエルはむずかるように爪先《つまさき》をシーツにすべらせた。

「あ……ぁっ、や……っ、クライド…さま……っ」

嬲《なぶ》る手に爪を立て、もっと激しい熱が欲しいとねだる。穿《うが》つ指は増やされるものの、本当に欲しいものはあたえられない。

エメラルドの瞳を潤ませ、濃い媚《こ》びを滲《にじ》ませる。無意識の痴態が、己が教え込んだものだと思えば溜飲《りゅういん》も下がるというものだ。クライドの銀眼に浮かぶ愉快な色が濃さを増し、貴族の証として胸元を飾る宝石が主の心情を映しとったかにギラリと輝く。

その輝きに囚《とら》われたように見惚《みと》れて、ノエルはくたり…と痩身をシーツに投げだした。力を失った身体を、クライドが膝に抱き上げる。

「ひ……ぁっ、あぁ……んっ！」

下から力強く穿たれて、ノエルは細い背を撓《しな》らせ奔放な声を迸《ほとばし》らせた。黒毛を逆立てた長い尾が歓喜を示して揺れる。

「あぁ…んっ、い……ぃ、や……んんっ！」

欲しかったものをようやく与えられた歓喜が思考を蕩《とろ》かせ、ノエルは本能のままにクライドの首筋に食らいついた。仔猫の小さな牙を食いこませ、がじがじと情痕《じょうこん》を刻む。

放心状態のノエルの好きにさせながら、クライドはさらに深く荒々しく穿って、従順な肉体の豊潤な甘さを味わった。

「ひ……ぁっ、――……っ！」

単純な快楽だけではない、クライドの濃厚なエネルギーにもあてられて、ノエルは嬌声《きょうせい》とともに意識を混濁させる。

数度の痙攣ののち、広い胸に倒れ込んで、ノエルは安堵《あんど》のうちに眠りについた。

クライドの弟悪魔であるアルヴィンが、血相を変えて館のアーチ窓から飛び込んできたのはそれから数日後のことだった。

クライドは大きな銀色狼《おおかみ》に変化するが、末弟のアルヴィンは小さなコウモリにしか変化できない。

伯爵位を持つ、クライドと同じ上級悪魔でありながら、およそ悪魔らしくないというか、ノエルの目にはクライドと比べようもない存在だ。

アルヴィンに執事として仕えるイヴリンは、ノエルにとっては兄弟子のような存在で、同じ黒猫族として敬愛しているけれど、だからこそ、黒猫族一優秀といわれるイヴリンがなぜアルヴィンに仕えているのか、ノエルには不思議でならない。

でも、イヴリンに不服はない様子だし、アルヴィンは悪魔にあるまじきやさしい気質で、クライドに意地悪ばかりされている身としては、ちょっとだけ……ほんのちょっとだけ、イヴリンが羨《うらや》ましかったりもした。

とはいえ、ノエルにとってはクライドが絶対の存在で、どんなにやさしくされても、クライドでなければ嬉しくもなんともないのだけれど……。

ノエルがそんなことを考えている間に、兄弟の姿は一陣の旋毛風《つむじ》とともに消え、残されたノエルはせっかくお茶の用意をしたのに……と、手にしたトレーに視線を落とす。

「イヴリンが大変って、聞こえた気がしたんだけど……」

自分には、アルヴィンの館まで飛んでいくだけの魔力はないから、クライドの帰りを待つよりほかない。以前に我を忘れて跳躍したことはあるけれど、自分でもどうやったのかわからないから再現できないのだ。

するど、長い長いダイニングテーブルの中央に置かれた籠《かご》のなかで、何かがかすかに動いた。

ノエルは、ティーセットののったトレーをひとまず置いて、テーブルを覗き込む。

「なんだろ、これ……」

籠の中には、珍妙なものが横たわっていた。

「果物……？」

ノエルの顔ほどもある大きな実は闇色で、その上に緋色《ひいろ》でハート模様が散っている。およそ食べられるものとは思えない、何かの実のようなものだった。

それがふるるっと動いたのだ。

ノエルの目には、動いたように見えた。

「卵……？」

何かの卵が孵《かえ》ろうとして動いているのだろうかと、じっとその様子を観察する。

上から横から斜めから。

溜《た》めつ眇《すが》めつ見やっても、卵なのか実なのかわからない物体は、今はじっと動かない。

「おかしいなぁ。見間違いかなぁ？」

目を手の甲でこしこしと擦って、もう一度見やっても、やはり動かない。

そうなるともう、俄然《がぜん》興味が湧《わ》いてしまって、ノエルはそっとそれに手を伸ばした。――が、触れる前に、アーチ窓から飛び込んできたものに邪魔される。

「わ……ぁっ！」

羽根兎の群れがぴょんぴょんと飛び跳ねて来て、ノエルの背中に肩に頭の上に、好き好きに抱きついてきたのだ。

「わわわ……っ、前が見えないよぉっ」

「ぴゃーっ」

ノエルがじたじたともがくと、遊んでくれていると勘違いしたのか、羽根兎たちは嬉しそうに鳴いて、床に倒れたノエルの上で、またも飛び跳ねる。

「くすぐったいってばっ、にゃははっ」

そのまま羽根兎の群れに外に連れ出され、クライドの目がないのをいいことに、草っぱらを転げまわってじゃれ合う。

そこへテンの群れが、ノエルのために摘んだ木の実や果物を頭にのせてわらわらとやってくる。

「わー、すごいや！」

みんなありがとう！　と、シマシマ模様のテンをぎゅむっと抱きしめて、ノエルは羽根兎とテンの群れを侍《はべ》らせ、魔界花の咲き乱れる原っぱで、長閑な時間を満喫した。

香ばしい木の実や瑞々《みずみず》しい果物をほおばって、ぱんぱんになったお腹《なか》をさすりさすり草の上に大の字になって、羽根兎とテンのふかふかの毛皮に埋もれるうち、テーブルの上の果実だか卵だかのことなどすっかり忘れて、ノエルはそのまま寝入ってしまった。

アルヴィンの館から戻ったクライドが、テーブルの上に弟悪魔が持ち込んだ少々厄介な果実を置きっぱなしにしていたことに気づいて、ノエルに何ごともなければよいが……と一瞬の懸念を過《よぎ》らせたものの、羽根兎とテンの群れに埋もれて眠る姿を見つけて、胸中でホッと安堵の息を零《こぼ》した。

だがすぐに思いなおして、呑気《のんき》にサボっていた執事見習いに雷を落とした。愛《いと》しいものに、素直にやさしくできないのもまた、クライドのクライドたるところだ。

「ノエル……！」

誰がサボっていいと言った……！　と怒鳴られて、ノエルは驚いて飛び起きる。

「ひゃっ！」

羽根兎とテンも飛びあがって毛を逆立てて驚き、わたわたと逃げ惑った。

「……!?　クライドさま!?」

腕組みをして仁王立ちをするクライドに睥睨《へいげい》され、ノエルは必死に逃げようとするテンと羽根兎をぎゅむっと抱いて震えあがる。

巻き込まれてなるものかと、怯《おび》えた羽根兎とテンが必死の形相で暴れるものの、こんなときばかり魔力を発動させて、ノエルは無意識のうちに二匹に鎖の魔法をかけてしまう。

真っ青になったノエルと、左に羽根兎、右にテン、ともにサーッと冷や汗を滴らせ、クライドを仰ぎ見た。

「さ、さささサボっていたわけでは……っ」

ぐっすりと昼寝をしていながら何を言うのかと、呆れつつもクライドはひとまず羽根兎とテンにかかった鎖の魔法を解いてやる。それからノエルの首根っこを摑《つか》むやいなや、一陣の風とともに居室へと跳躍した。

「ランバートに言いつけられた仕事は終わったのか」

「ええっと……」

「ペットは嫌だと言ったな？」

猫耳しっぽ姿ではなく、仔猫の姿にされて、クライドの眼前にぷらんっとぶら下げられる。

「……はい」

「ならばちゃんと働かんか！」

「はぁいっ！」

ノエルの日常は一事が万事こんな感じで、連日同じやりとりのループ状態。そのたびクライドの雷が落ち、ランバートがそれをとりなし、絶対にがんばると約束して、その舌の根も乾かぬうちに失敗をやらかす。

お仕置きされても、それが心地好くてごろにゃんっと喉を鳴らしているのでは、お仕置きの意味がない。

お仕置きがお仕置きの意味をなしていないことに、気づいていないクライドも、クライドらしくないのだが、仔猫の愛らしさに参っていると認められないでいる公爵閣下がそれに気づけないのもまた道理と言えた。

そんなふたりのやりとりを、今日もまたランバートが、執事業に勤《いそ》しみつつも片眼鏡《モノクル》の奥の目を細めてほくほくと見守る。

クライドの気が治まったころには、ディナーの準備も調えられて、ノエルは仔猫姿のまま、血赤ワインのグラスを傾けるクライドの膝に抱かれ、完全にペット扱いで腹をぐりぐりされつづけるうちにまた眠ってしまった。

くーくーと眠る仔猫を膝に、クライドがランバートを呼ぶ。

「アレは、大魔王さまの裁定が下るまで、しかるべき場所に保管しておいてくれ」

アレというのは、弟悪魔アルヴィンの館の近くに出現した亜種マタタビのことで、以前から悪魔界に存在する黄金マタタビや蜜酒マタタビとは違う、どうにもやっかいな性質を持った、新種の魔界植物だ。

大魔王によって封印されたアルヴィンの魔力の影響か、ウェンライトの館の周辺には、ほかでは見られない植物がたびたび出現する。

多くは無害なのだが、つい先日みつかった亜種のマタタビはいささか性質が悪かった。ただでさえマタタビは、黒猫族に麻薬や強いアルコールのように作用するのだが、アルヴィンの館近くで見つかった亜種マタタビは、その効果がやたらと強いうえ、安定して現れないという特異な性質を持っていたのだ。

クライドの心配は、黒猫族のノエルだ。

アルヴィンの執事であるイヴリンですら亜種マタタビに魅入《みい》られ、とんでもない事態になっていたくらいなのだ。判断力のないノエルでは、どうなるかしれたものではない。

アルヴィンは食べてもまったく平気だったというが、秘めた魔力を持つアルヴィンの反応など、ほかの魔族の参考にはならない。

亜種マタタビは、成長するにつれ性質を変化させている。黒猫族以外の魔族にも影響をおよぼす実をつけないとも限らない。

「すでに棘藤《いばらふじ》の籠に封印してございます。アレにいかな意思が存在しようとも、悪さはできないでしょう」

ランバートの封印なら完璧《かんぺき》だろう。なんといっても梟木菟族の長老の座にあってもおかしくはない重鎮だ。下手な貴族など足元にも及ばないほどの魔力を持っている。

「アルヴィンの魔力が作用しているのであれば、我が館周辺で育つことはないとは思うが……うちにも魔力の不安定なのがいるからな」

用心するにこしたことはないと、膝の上で丸くなる仔猫の艶やかな黒毛を撫でる。

「うみゃ……」

なにやら寝言を呟いて、黒猫姿のノエルはクライドの手に四肢を絡ませ、安心しきった顔で眠っている。

「ノエルさんの能力は未知数ですから。アルヴィンさまの魔力ほどの危険はないでしょうが、魔獣たちの様子を見る限り、魔界植物にも影響をあたえるやもしれません」

ランバートの述べる見解にクライドも頷いて、「厄介な影響でなければよいのだがな」と、ひとつため息をついた。

凶暴なはずのテンや火吹きイグアナが懐くとか、羽根兎の群れが館周辺に増殖しているとか、その程度ならば問題はないが、もっと厄介な事態を招かないとも限らない。

まったく面倒な……と、クライドは手にすっぽり収まる恰好で眠るノエルに視線を落とす。

小さな肉球が、クライドの手をむにむにと押す。長い尾が手首に巻きついて離れない。

椅子《いす》の肘掛《ひじかけ》に頬杖をついて、目を細め、まったくけしからん……と呟く。主の様子に、ランバートの片眼鏡の奥の眼差《まなざ》しが、やさしげに細められた。

2

館内だけでなく、館をとりまく領地――という概念はほぼないのだが――の管理も、執事の重要な仕事のひとつだ。

ライヒヴァインの館周辺には、羽根兎の群れの暮らす原っぱが広がり、可憐《かれん》な魔界花が咲き乱れている。その向こうには紫紺薔薇《しこんばら》と大型の行燈百合《あんどんゆり》、ランバートがワインを仕込む緋色葡萄と、シェリー酒のもととなる吸血林檎《リンゴ》が自生していて、クライドのために調えられるダイニングテーブルをいつも華やかに彩ってくれる。

館の裏手にあたる切り立った山の斜面には大きな角を持った冥界山羊《めいかいやぎ》が群れで暮らしていて、今度ランバートに冥界山羊のミルクを使ったチーズの作り方を教えてもらう約束をした。冥界山羊のミルクはとっても美味《おい》しくて、搾りたてのミルクをつかったプリンもシチューもフレッシュなチーズも、ノエルの大好物だ。

山の向こうで群れをつくる堕天牛のミルクもまた、美味しくて癖になるのだけれど、魔力を削《そ》ぐと言われていて、うまく狩りのできない低級の悪魔たちしか口にしない。冥界山羊のミルクを日常的に飲めるのは、貴族の館にお仕えする者の特権なのだ。ましてや冥界山羊のミルクを使ったお菓子やチーズなんて、贅沢《ぜいたく》この上ない。

ノエルはうきうきと冥界山羊たちが草を食《は》む崖《がけ》を眺め、それからインプリンティングされたヒヨコのように羽根兎の群れを背後にしたがえて、館周辺の散策に繰り出した。

紫紺薔薇の花柄を摘んで、すぐ脇《わき》を流れる黒曜石の小川の水を撒《ま》き、その周辺に育つ数々の果物や木の実を摘んでくること。それが、ランバートに言い渡された仕事だった。

ノエルが摘んだ果物も木の実も、クライドの食卓を飾ることになるのだと思えば気合いが入る。

「美味だ」と言ってもらえたら、ノエルはそれだけで天にも昇ってしまいそうだ。

「あ、マンゴーだ！」

わっさわっさと大きな実をつけている木をみつけて、ノエルは駆け寄った。

魔界の植物に旬《しゅん》などない。実りたいときに実るし、魔力の強い悪魔なら、ほしいときに実らせることもできる。

もちろんノエルにそんな力はないから、実っているものを探して持ち帰ることしかできない。だが、持ち帰るのにも、量が半端ないとくればコツがあって……。

「ええっと……」

魔力の使い方を頭に思い描いて、ノエルは「えいっ」と、たわわに実るマンゴーの果実を、館のパントリーに瞬間移動させようとした。

直後、マンゴーの実がぼとぼとっと、地面に落ちる。

「……」

羽根兎たちがわらわらと集まってきて、おっこちた実を眺め、それからノエルを見上げた。

「ちょ、ちょっと失敗しただけだってばっ」

羽根兎たちのくりっと丸い目が無垢《むく》なだけにいたたまれない。

「今度こそ！」

えいっ！ と魔力を使うと、並んだもう一本の木から実が消えた。

だが、「やった！」と万歳したのも束《つか》の間《ま》、どこからか飛来した貪欲《どんよく》鵯《ひよどり》の群れが熟したマンゴーをそれぞれ嘴《くちばし》に咥《くわ》えて飛びさる。パントリーに瞬間移動させたつもりが、宙空に飛ばしただけだったらしい。

「あぁあ〜っ！ ボクのマンゴー！」

漁夫の利とばかり飛びさる鵯の群れを恨めしげに見やって叫んでも、その名のとおり貪欲な鵯たちはあっという間に山間に消えてしまう。

冥界山羊のミルクと合わせてタルトにしたらとっても美味しいのに……マンゴープリンだって絶品

のはずで、アイスクリームにもできたのに……と、もはやクライドのためなのか自分のためのメニューなのかわからぬことを考えて悲嘆に暮れていたら、羽根兎たちがマンゴーを頭にのせてノエルをとり囲んでいることに気づく。

「え？　ウソ!?　運んでくれるの!?」

ひたすら可愛い以外になんの役にも立たないと言われるとおり、羽根兎たちは使役獣には使えない。その羽根兎がマンゴーを運んでくれる！　と目を輝かせるノエルの目の前で、羽根兎たちがマンゴーを転がして遊びはじめた。

「わーっ、ダメダメっ、それは食べ物なんだってばっ」

やっぱりというかなんというか、羽根兎が働いてくれるわけがない。

そもそも小型魔獣を懐かせることはできても使役獣として使うことができないノエルだ。働く気のない羽根兎を使役させるなど、夢のまた夢だ。

なんとか両腕にひとつずつ確保して、羽根兎の長い長い耳を結び、籠をつくってそこにおさめる。遊んでもらえていると思ったのだろう、羽根兎はおとなしくそれを受け入れた。

我ながらいい考えだと、ご満悦顔でノエルは散策路を歩く。

貴族に仕える執事として、使役獣を操り、魔力で館を管理できなければ意味がないのだけれど、ひとまず目の前の問題が解決したことでノエルは満足してしまった。

「あ！　紫アーモンドだ！」

少し歩くと、今度はアーモンドの花が咲き誇る一帯に出た。紫アーモンドの花は、人間界の桜という花に似ているのだが、色は濃い紫で、でも紫紺薔薇の紫色よりは明るい。

花が咲き誇っているのに実もたわわに実っていて、ノエルが大きなエメラルドの瞳をきらきらさせて見上げると、果肉に包まれていた実がみるみる熟し、殻につつまれたアーモンドの実になった。パリッと殻が割れてノエルの手のなかに落ちてくる。アーモンドの実というのは、アーモンドの種の中身なのだ。

「食べていいの!?　ありがとう！」

小型魔獣に懐かれるノエルは、魔界植物にも好かれる性質らしい。紫アーモンドの木が頷くかにざわり…と枝を揺らす。

「おいしい～！」

香ばしくて甘くて、とても美味しい実だった。

ノエルの歓喜の声に応えるように紫アーモンドの木がさらに大きく枝を揺らす。直後に何が起きるのか、察したのは羽根兎のほうが早かった。ササササ…ッと、ノエルの周囲から羽根兎の群れが離れる。直後、ザーッと音を立てて、ノエルの頭上に大量のアーモンドの実が降りかかった。

「わぁぁぁ～～～～っ！」

こんもりの山になったアーモンドの実に埋もれて、ノエルはかろうじて外に出したしっぽを揺らす。

「ぷはっ」と顔を出すと、無意識のうちに猫耳しっぽ姿に変化してしまったらしい、ノエルの頭には耳が生えていた。

「こんなにたくさん、どうしよう〜」

問題はそこではない……と、取り囲む羽根兎たちですら思ったろうが、当人は気づけない。

「あとで取りに来るから、ちょっと待っててね」

ありがとうと、紫アーモンドの木に礼を言って、ノエルはアーモンドの小山から抜けだした。ひと摑みはポケットに入れて、おやつにすることにする。

アーモンドを摘まみながらまた歩いていくと、今度は葉を茂らせる有花果《イチジク》の木に出くわした。人間界にある無花果《イチジク》とよく似ているが、真っ白い大きな花の開花と同時に、その中心に甘い香りの実をつける。

だが見たところ今はまだどれも蕾《つぼみ》のようだ。美味しそうだなぁと、ノエルがじぃぃっと見上げても無反応なところをみると、眠っているのかもしれない。まだ開花させる気がないのだ。

それならしかたない…と立ち去ろうとして、ノエルは大きな葉の向こうに、見慣れない色合いのものを見つけた。

「なんだろ……？」

長い蔓《つる》を伸ばす木の枝に、さまざまな色や模様の実がぶら下がっている。大きなものはノエルの顔ほどもあって、まるでもいでくれと言わんばかりにゆっさゆっさと揺れていた。

「おもしろ～い！　いろんな模様がある！」

一番手前の大きな実は闇色に緋色のシマシマ模様だし、その奥のは水玉模様、てっぺんのほうにはペイズリー模様やマーブル模様の実まである。

「こんなの見たことないや」

一番手前の実にそっと手をかざす。兄弟子のイヴリンが、こうして果実に尋ねていたのを思い出したのだ。

どんな実なのか、食べられるのか、甘いのか酸っぱいのか、どうやって食べるのが一番美味しいのか、果実自身に尋ねるのだという。館を管理する執事ならではの能力だ。

ノエルも修業中にやりかたを習っている。しかし、意識を集中させて果実に尋ねてみるものの、答えはない。

「うーん……なんにも聞こえないや」

自分の能力が足りないがゆえに聞こえないのか、それとも果実に答える気がないのかまでは、ノエルにはわからなかった。

「でも、おいしそうな気がするんだよね」

あてにならないカン以外のなにものでもない感想を呟きながら、木の周囲をぐるりと巡る。かなり大きくて、その前に大きな葉を茂らせる有花果の木がなければ、もっと目立っただろう。

すると、葉陰に見覚えのある模様が覗いた。

「ハート柄……」

どこかで……と考えて、ダイニングテーブルの上の籠におさめられていたのと同じだと気づく。

「あれ、卵じゃなくて果物だったんだ」

すでに摘まれて館にあったということは、ランバートが持ち帰ったのかもしれない。ということは間違いなく食べられる実だ。

そう判断して、ノエルは大きな実に手を伸ばした。シマシマ模様のが熟しているように思えたのだけれど、ふるるっと揺れはするものの落ちてこない。それじゃあ…と視線を巡らせたら、猫に変化したときの自分の額に浮かぶのと同じ星形の模様の実を見つけた。

「これがいいや」

両手を伸ばすと、ふるっと揺れた実が、ぽとりっとノエルの手に落ちてくる。

「わー、ありがとう！」

奇怪な模様と色味だが、果実からはそれはそれは甘い香りが漂い、食べてくれとノエルを誘う。

「クライドさまに見せなくちゃ！」

それでも、その場でかぶりつくのはどうにかこらえ、羽根兎たちを従えて、館へと駆け戻った。

その間にも、腕のなかの大きな果実は、食べてくれ食べてくれとノエルを誘う。

「そんなにおいしいんだね」

きっとクライドさまにも褒めてもらえる！　と、スキップするように駆けていくと、館の庭のガーデンテーブルに、クライドとランバートの姿を見つけた。

「クライドさま！」

見てください！　と、両腕を差し出す。

「ノエル？　……っ！」

クライドの銀の瞳が見る見る見開かれ、傍らのランバートの片眼鏡がキラリと月の光を弾いた。

「とってもおいしそうですよ！　マンゴーも見つけて……、わわっ！」

腕のなかの大きな果実が、突然ふるるっと揺れて、ノエルの腕から飛び出した。

「わわっ、ダメっ、待ってっ！」

せっかくクライドに食べてもらおうと思ってもいできたのに！　と、ノエルがそれを追いかける。

「ノエル……！」

クライドの呼び声を、制止を促すものとは思いもせず、ノエルは咄嗟《とっさ》に猫に変化して、腕を飛び出した果実に食らいついた。

「うみゃっ！」

四肢を使って地面に押さえ込み、「やったぁ！」と顔を上げる。ひと口齧《かじ》った果実はそれはそれは美味で、全身が蕩けそうな甘さだった。

「クライドさま！　とっても甘い――」

あれれ？　と、ノエルはエメラルドの瞳を揺らす。背筋をむずむずと得体の知れない感覚が駆け上ってくる。

皆まで言う前に、視界がぐるりっとまわった。

「うみゃぁあぁ」

きゅうっと目をまわして、ノエルは大きな実を抱いたまま、その場に伸びた。

「ノエル……！」

慌てて駆け寄ってきたクライドが奇怪な果実を抱いて横たわる仔猫姿のノエルを見やって、眉間《みけん》に深い皺《しわ》を刻み、長い指でこめかみを押さえる。

「どういうことだ、これは……」

疲れきった声が落とされても、ノエルは夢のなか。甘い甘い実を追いかけて、かぶりつき、大満足ではしゃぎまわっていた。

「封印したはずの実がなぜ……」

ランバートも困惑気に呟く。

「これもアルヴィンの魔力の影響かもしれん」

まったく厄介だ……と吐き捨てて、クライドは大きな果実に抱きついて涎《よだれ》を垂らす仔猫をひょいっと摘み上げた。

「馬鹿猫が」

毒づいて、ひと口齧られた亜種マタタビの実をひっぺがす。

「どこかで増殖しているやもしれん。確認を頼む」

「かしこまりました」

果実をランバートにあずけ、自分は目をまわした仔猫のノエルを肩に居室へ。ベッドに放り捨て、さてどうしたものかと頭を悩ませる。

そんなこととは露知らず、亜種マタタビに酔ったノエルは、使役獣を自由自在に操りライヒヴァインの館を完璧に切り盛りする有能な執事となった、何万年後かにはもしかしたら現実になるかもしれない自分の姿を夢見ていた。

弟悪魔アルヴィンの館の近くで発見された亜種マタタビをアルヴィンの執事のイヴリンが食べてしまったことで、その厄介な性質が知れ、大魔王の裁定のもと、亜種マタタビは封印されることになった。

アルヴィンの館の近くに生える木には封印がなされ、アルヴィンがライヒヴァインの館に持ち込んだひとつにも、ランバートが封印をかけたはずなのに、なぜその実をノエルが手にしていたのか。

ランバートが飛ばした斥候鶫《せっこうつぐみ》が、黒曜石の小川の向こうで育っている亜種マタタビの木を見つけたとの報告を受けて、クライドはアルヴィンのためにイヴリンの酔いを醒《さ》ます薬を調達したときに手に入れた、古い古い文献を開く。

魔界の歴史は長い。悪魔の寿命はほぼ永遠だ。

だから過去に忘れ去られた知識もあれば、日々進化しつづける事象もある。

魔界のナンバーツーと言われるクライドだが、長い時間を生きる悪魔にあっては、まだ若いうちに入る。公爵位を持つクライドにも知りえないことは、魔界にはたくさんあるのだ。

さてどうしたものかと、ベッドの真ん中で丸くなるノエルの様子をうかがい、問題は目が覚めたときだと覚悟を決める。

あの亜種マタタビの実は、はたしてどんな効果をもたらすものなのか。

猫じゃらしにも使われる黄金マタタビは、ちょっと心地好くなる程度のアロマ効果しかない。黒猫族にとっては麻薬のようなものだと言われる蜜酒マタタビも、強いアルコールと同等の効果で、酔いが醒めさえすれば無問題だ。

だが、亜種マタタビの厄介なところは、果実ひとつひとつの模様が違うように、それぞれ違った効果が現れるところにあった。

アルヴィンは食べても平気でイヴリンは性格が変わってしまった経緯から、ほかのマタタビ種と同じく黒猫族にだけ効果が出ると考えられるが、ひとつひとつの実の効果が違うため、それも定かではない。なかには、黒猫族以外にも、悪さをする実があるかもしれない。

そういう懸念から封印されることに決まったわけだが、ではなぜライヒヴァインの館の近くでも亜種マタタビの木が育っていたのか。

アルヴィンが駆けこんできたときに、すでに種が飛んでいたのかもしれない。

それとも、この館にも黒猫族がいるとわかって、亜種マタタビが悪戯心を宿したのか。

魔界植物には意思があって、育ちたいところでしか育たない。その一方で、貴族の魔力の影響も受けるから、亜種マタタビはアルヴィンの館の近くでしか育たないものと考えられていたのだが……。

「また呼びこんだのか？」

ノエルには、不思議な力がある。

小型魔獣を懐かせ、使役獣として使うことはできないものの、おとなしくさせてしまう。

凶暴だといわれるテンがあれほど懐くのも驚きだが、以前はそれほど数がいなかった羽根兎の群れが見る間に増えたのも、きっとノエルの存在が影響しているのだろう。

だが、憶測の域を出ない。

どんな文献をあさっても、ノエルの周囲で起こるあれこれに明確な理由づけのできる記述は、いまのところ見つけられていないのだ。

また薬を調合させるか、それとも酔いが醒めるのを待つが得策か……下手に薬を飲ませて、予期せぬ反応が出ても困る。なんといってもノエルだ。黒猫族の常識にはあてはめられない。

アルヴィンといいノエルといい、自分のまわりにはどうしてこう面倒な悪魔が集まるのかと、ひとしきりたそがれたあと、クライドは今一度ベッドの真ん中で丸くなる仔猫を見やる。

額の綺麗《きれい》な星型の銀毛を両前肢《まえあし》で抱えるような恰好でしっぽを丸めくーくーと寝入っている。鈴つきの首輪をはめたい衝動にかられるが、それをしたらノエルは一日中でもえぐえぐと泣きつづけるだろう。それはそれで愉快だが、ノエルを泣かせる方法なら、ほかにいくらでもある。

「いつまで寝ている気だ」

そろそろ退屈しはじめて、これもマタタビの効果なのかとため息をつく。寝ているだけで済むのなら面倒がなくていいが、延々と眠りつづけられてもつまらない。

退屈しのぎにならなければ、誰がこんな面倒な生き物など拾うものか。ノエルをいじめてつついて遊ぶのが、クライドは楽しくてしかたないのだ。これ以上の楽しみは、この先しばらく見つかりそうもない。

「ふむ」

どうしたものかと考えて、まさか目を覚まさないなんてことはないだろうなと考える。

丸くなって眠る仔猫をひょいっと指先ひとつで膝に移動させて、首根っこを摘み上げた。ぷらんっと四肢を投げ出した恰好で、なおもノエルは眠りつづけている。

「ノエル」

呼びかけても、耳をぴくりとも反応させない。

「いつまで寝ている気だ」

まったく……と長嘆して、額の星型の銀毛を指先でつつく。ぽんっ！　と弾ける音とともに、ノエルは猫耳しっぽを装備した中途半端な姿に変化した。

それでもまだ寝ているのか……と、クライドが呆れた視線で見やる。

その視線の先で、ノエルの長い睫毛がふるり…と戦慄《わなな》き、エメラルドの瞳がゆっくりと開いた。

「目が覚めたか」

まったく面倒ばかり起こすやつだ……と嘆息する。

だが、すぐに「クライドさまっ」と抱きついてきて甘えるかと思われたノエルが無反応であることに気づいて視線を戻した。

「ノエル？」

どうした？　と、ふっくらとした頬に手をやる。

ライヒヴァインの館で暮らすようになって、ノエルは血色がよくなった。もともとサラリと指触りのよかった髪も艶を増し、白い肌はますます抜けるように白い。黒猫族特有の美しさを醸しはじめた仔猫の成長も、クライドの日々の楽しみとなっている。

やわらかな頬を撫でてやると、ノエルはふるっと長い睫毛を揺らす。そしてエメラルドの瞳の中心にクライドを映した。

そこに見たものに、クライドは眉間の皺を深める。ノエルの長い尾が揺れて、クライドの腕に巻きついた。

「きさまは、本当にノエルか？」

手を引こうとすると、白い指に絡め取られる。いつもは甘ったれた言葉を紡ぐ唇から、「ふふ」と艶めいた笑みが零れた。

「ボクですよ、クライドさま」

そう言って上目遣いにクライドを見やる。エメラルドの瞳に宿る色香が、すでにノエルのものではありえない。

そういうことか……と、胸中で嘆息するクライドの目の前で、亜種マタタビに酔ったノエルが痩身をすり寄せてくる。

するり…とクライドの首に腕をまわして、ぺろり…と唇を舐めた。

これなら寝ていてくれたほうが百倍マシだな……と思いながらも、この先どうするのかと傍観を決め込む。

どうせ酔いが覚めたときに大反省してベッドの下あたりにもぐり込んで出てこなくなるに違いないのだ。以前はアルヴィンの館にまで逃げ込んで、無駄に魔力を発揮して籠城《ろうじょう》までやらかした。

状況を把握するためにしばらく観察して、あとは眠らせてしまうのが得策だろう。そんなことを考えながら、クライドは目を細めてエメラルドの大きな瞳を見やる。

「それで？　きさまはどうしたいのだ？」

この状態のノエルが何を望むのかと興味に駆られて尋ねてみる。ノエルはエメラルドの瞳を妖艶に細めて、クライドの銀眼をうかがった。

「クライドさまこそ。この姿がお気に召してらっしゃるのでしょう？」

いつも好き勝手しているけれど、今日は特別にもっと素敵《すてき》なことをしましょうと、誘いをかけてくる。

「ほう？」

仔猫のノエルがシナをつくったところで知れていると、クライドが笑い飛ばすと、ノエルの眉間に深い皺が刻まれた。

「じゃあ、これならどうです？」

言うや否や、クライドの膝の上のノエルがエメラルドのオーラに包まれた。クライドの銀眼が見開かれる。

「いかがです？」

クライドの膝には、先までとは違う重みがのっていた。幼さを残した少年の姿だったノエルが、しなやかな肉体を持つ青年に変化したのだ。

「そのようなこともできるのか」

まったく厄介な魔力だと胸中で毒づきながら、クライドは美しく成長したノエルを間近にうかがう。

エメラルドの大きな瞳は美しく艶めき、白い頬に陰を落とすほどの長い睫毛が彩る。白い肌には濡れた輝き。黒毛の耳としっぽもしっとりとした毛並みで、クライドの肌をくすぐる。

赤い唇から覗く牙が淫猥《いんわい》だ。その奥からのぞく舌がぺろりと舌舐めずりをして、クライドに唇を寄せてくる。

「お気に召していただけました？」

低く艶めく声が囁《ささや》きを落とす。

白い手がクライドの長衣をまさぐり、淫靡な愛撫《あいぶ》をしかけてくる。クライドの唇をぺろぺろと舐めながら、長衣をはだけ、その下に手を忍ばせてきた。

仔猫の姿から猫耳しっぽの中途半端な姿に変化した時点で一糸まとわぬ姿だったノエルは、白い太腿をなやましくすり寄せ、長い尾でクライドの身体をくすぐりながら、無垢さと淫《みだ》らさを兼ね備えた瑞々しい肉体を見せつける。

まったくけしからん……と、その様子を見やりつつ、クライドはあえて誘われるままに痩身に手を伸ばした。

「あ……んっ」

甘ったるい吐息を零して、ノエルが喉を震わせる。

桜色に染まった胸の突起を抓《つね》ると、長い尾の毛が逆立った。ふるふると揺れて快感を示す。

「馬鹿猫を返上したかと思えば、今度は悪戯猫か」

まったく手のかかるやつだ……と零して、クライドは青年の姿になってもなお細いノエルの身体を腕に抱き込む。そして、頤《おとがい》を摑んだ。

「うみゃっ」

生意気な口をきく唇から、不服気な鳴き声が上がる。

「その程度で私を誘惑できると思ったか？」

上から挑発的に見やると、ノエルのエメラルドの瞳に反抗的な色が過った。

かぷりっと、唇に嚙みつかれる。

そして、嚙みついた場所をぺろぺろ。甘えているのではない。挑発し返してきているのだ。

「……おもしろい」

クライドの銀眼に、愉快さと同時にいくらかの怒りの色が過った。

いつものドジで役立たずでちょっと頭のゆるいノエルが気に入っているクライドだが、亜種マタタビによる酔いが抜けるまでのことだと思えば、この状況も楽しめる。

「それほど遊びたいのであれば、付き合ってやろう。その身体で私を楽しませてみせろ」

牙を立てようとする口に指を差し込んで、口腔《こうこう》を嬲る。

「ふ……んんっ」

エメラルドの瞳を悔しげに細めて、ノエルはクライドの指に容赦なく牙を立てた。鮮血があふれ出し、唇を汚す。

口腔内にあふれる血の甘さにうっとりと瞳を潤ませ、ノエルは立てた牙を引くと、かわりにぴちゃぴちゃとクライドの指を舐めはじめた。

クライドの血が甘い毒となってノエルの全身を巡る。マタタビの酔いと相まって、エメラルドの瞳に宿る光がますます妖《あや》しさを増した。

「ん……ふっ」

旨《うま》そうにクライドの血を啜《すす》りながら、その手を長衣の下に差し込み、まさぐる。

その様子を、発情期の猫のようだと観察しながら、クライドもまたしっとりと汗の浮いた白い肌に手を這《は》わしていく。

ノエルが舐めつづける手を引こうとすると、キャンディを取り上げられる子どものようにむくれ、爪を立てて引きとめる。

この程度の傷ごとき、魔力で簡単に治せるから問題はないのだが、自分の血を旨そうに啜るノエルの反応は看過できなかった。

のちのちどんな反応が出るやもしれない。ただでさえマタタビに酔っているのだ。何が起こるか知れたものではない。

「ノエル、やめろ」

「や……んっ」

手を引こうとすると、むずかるように首を振って拒む。完全にクライドの血に酔っている。

まったく黒猫族というのは、主に忠義なのはいいが、いったん心を許すとことん淫らになるものだと呆れ半分感心半分、クライドはノエルの身体を魔力で拘束して、牙の痕《あと》の残る手を引いた。

マタタビに酔い、クライドの血にも酔ったノエルは完全な酩酊《めいてい》状態で、エメラルドの瞳を潤ませ、ますます艶を増していく。悩ましい肢体を惜しみなく曝《さら》し、色香をたたえた青年の姿でクライドの膝にすりすりと甘えて見せる。

淡い色の欲望はしとどに蜜を零して震え、白い胸の上ではピンク色の尖りがいじってくれと訴えていた。

まったくけしからん……と、クライドは胸中で何度目かのため息を零す。もちろん、愉快なため息だ。

「私に血を流させたぶん、きさまも流さねばフェアではないな」

意地悪く言って、ノエルのやわらかな内腿を撫でる。

仔猫のノエルの赤子のような肌もいいが、青年の姿となったノエルのしっとりと掌《てのひら》に馴染《なじ》む肌触りも悪くない。

細い肢をぐっと大きく開かせて、生肉を食むように白い内腿に歯を立てる。犬歯が肌に食い込むギリギリまで牙を立て、やわらかな肉の食感を味わう。

「は……っ、あ……ぁっ」

ノエルはか細い喘《あえ》ぎを上げて、痩身をくねらせ、シーツの上、身悶《みもだ》える。四肢の自由を完全に奪われていないために、よりもどかしさが襲うのだ。

甘い肉を味わい、淫猥に震える欲望からあふれる蜜を啜って、クライドはノエルの挑発を受けとめる。

「クライドさま……あぁ…んっ！」

いつもなら遠慮して肩に縋る程度なのに、クライドの黒髪に指を絡めて引っ張る。仔猫が毛糸玉にじゃれつくようにクライドの髪を掻《か》き乱し、広い背に縋ろうとする。

それを許さず、シーツに痩身を縫いつけて、クライドはやわらかな肌の感触を存分に味わう。

「は……ぁっ、や……んっ、……ふっ」

薄桃色に染まった肢体がくたり…と力を失うまで嬲って、戦慄く肉体を限界まで追い込み、ようやくノエルの腕の拘束を解いた。

「い……やっ、クライド…さま……っ」

放埒《ほうらつ》を許されず、真っ赤になって震える欲望が痛々しい。だというのに、いつものノエルと違い青年の姿に変化した今のノエルは、泣くでもなく甘やかに喘いでみせるのだ。

そうして、クライドが堕《お》ちてくるのを待っている。自分の色香に自信を見せる。まったく図々《ずうずう》しいにもほどがある。

「どうした？　もっと淫らに誘ってみせるがいい」

自分からしかけておきながらこの程度かと言うと、エメラルドの瞳が睨《にら》み上げてくる。不服気に歪《ゆが》められていた唇が、ついでニンマリと笑みを模《かたど》り、赤い舌が唇を舐めた。見え隠れする小さな牙が淫猥さを際立たせる。

自由になった手で、クライドが噛み痕を刻んだ内腿をなぞり、そして甘い蜜をあふれさせる場所に白い指を絡めて扱く。

「ん……ぁっ」

甘い声を上げ、その痴態をあますところなく曝して見せる。白い太腿を大きく開き、その狭間《はざま》に指を滑らせて、クライドを受け入れる場所にくぷり…と沈めた。

「あ……ぁっ、い……っ」

荒々しく掻きまわして、あられもない姿を見せる。

「ひとり遊びなど、私は教えた覚えはないぞ」

いったいどこで覚えた？ とクライドが銀眼を細めれば、してやったりと輝くエメラルドの瞳。長い尾がするり…とクライドの手を撫でる。

「性質《たち》の悪い悪戯猫だ」

痩身をシーツに引き倒し、腹這いにさせて、腰だけ突きだす淫らな体勢をとらせる。

「ふにゃ……、……ぁあっ！」

後ろから穿つと、上体がシーツに沈んだ。細い腰を掴む手に、長い尾が絡む。

「ひ……ぁっ、は……っ！」

蕩けきった内部がクライドに絡み、ぐいぐいと締めつけてくる。だが、甘ったるく喘ぐ声は挑発的に芝居じみて、クライドの神経を逆撫でした。

背後のクライドをうかがい見る瞳に浮かぶ、挑戦的な色。これもノエルの隠された一面なのだろうが、正気でないことに違いはない。

「みぎゃっ！」

ふいに不愉快さにかられて、ぴんと立った耳を摑んでシーツに顔を押さえつける。

「い……ぁっ！　や……っ！」

激しく穿って、嬌声ではなく悲鳴を引きだした。

「いいかげんにすることだ」

戯れも、度を過ぎれば興を削がれる。いいかげん戻れと、青年姿のノエルの奥に押し込められているだろう仔猫のノエルに命じる。

「私の声が聞こえんか？　ならば、今度こそペットだ。どうする？」

ぐんっと一際深く穿つと、ノエルは瘦身を痙攣させ、白濁を吐き出した。

「ひ……ぁっ、……っ！」

ひくひくと戦慄く瘦身をベッドに放りだし、つまらんとばかりにクライドは背を向ける。

「きさまにふさわしい檻《おり》を用意してやる。楽しみに待っていろ」

それまではベッドの上でおとなしくしていることだと、拘束の魔法をかける。屋根裏に棲む尾長守《おながや》宮《モリ》がちょろちょろとやってきて、ノエルの手首に長い尾を巻きつかせた。

ベッドのまわりには結界を張っておくことにしようと、クライドが足を止めたときだった。

「みゃあ！」

猫の姿に変化して尾長守宮の拘束を抜けだしたノエルが、たっとアーチ窓に飛び移る。

「ノエル……!?」

しなやかな黒猫だった。額に浮いた星型の銀毛が漆黒の毛並みに美しく映える。エメラルドの瞳はあくまでも高慢で、ノエルの正気が戻っていないことを教えた。

「ふんっ」と、そっぽを向いた黒猫ノエルが、猫耳しっぽ姿に変化しつつ、藍色の空に跳躍した。だったらもういいよ！　と言わんばかりの態度が、クライドの眉間にぴくりと青筋を立てる。

ペットにしてやると言ったはずなのに、それでもまだあの態度かと、クライドの堪忍袋の緒もいいかげん限界近かった。

「フェロモン垂れ流しのエロ猫め。淫魔の餌食《えじき》になるぞ」

仔猫の姿のときでさえ、涎を垂らした淫魔に追いかけられて逃げ惑っていたというのに。

吐き捨てて、クライドもアーチ窓から藍色の空へと跳躍する。

銀色の毛並みの巨大な狼が魔界の月を横切る姿に、低級悪魔や魔獣たちが震えあがって、闇の森が騒々しさを増し、それはさらに山向こうの銀の森にまで伝播《でんぱ》した。

ノエルの気配は簡単に追うことがかなった。

以前、アルヴィンの館に逃げ込んだときに追いきれなかったことを考えると、今回はクライドが追ってこられるようにあえて気配を残しているのだろう。

まったく、無駄なところでばかり強力な魔力を発揮する。身体が成長しているのだから、それに比例して能力もアップしているのだ。

以前にもノエルを探したことのある銀の森を空からみやって、黒猫の気配を探す。

「あそこか」

クライドが見つけたとき、ノエルは涎を垂らした淫魔に囲まれていた。

肉食大青虫によく似た、人間界のナメクジとかいう生物を巨大化させたような、淫液をしたたらせる実に気色の悪い低級魔獣だ。

顔らしきものは存在しないはずなのに、スケベ面が想像できる様相。だらだらと淫液を滴らせて、いまにもノエルに飛びかからんとしている。きっと、以前にノエルを追いかけたときの情報を、仲間内で共有しているのだ。

一匹が、変質者さながらの様子でノエルに飛びかかろうとしたときだった。

ノエルの白い手がスッと上がって、一閃の光が淫魔を斜めに過る。断末魔の雄叫びを上げて、あっという間に淫獣が塵《ちり》と化した。

これにはさすがのクライドも目を瞠《みは》る。

――攻撃能力まで操れるとは……。

だがもっと驚きだったのは、仲間が閃光に焼かれたというのに、逃げもせずノエルをロックオンしつづけている淫獣のほうだった。

脳みそのない低級悪魔はこれだから困る。淫魔の一ダース程度が消え失せたところで悪魔界は困りはしないが、余計な評判が魔界に広まるのは困る。どこに誰の斥候魔獣が潜んでいるかしれないのが悪魔界なのだ。

ノエルの妙な評判が広まるのは避けたい。どこの貴族に目をつけられて、また面倒なことに巻き込まれないとも限らないのだ。

淫獣の群れが、包囲を狭める。その中心でノエルは、岩の上に足を組んで平然としていた。しかも猫耳しっぽをはやした姿で裸のままだ。

涎を垂らす淫獣の後方、銀の森の木々の陰からは、淫獣のおこぼれにあずかろうというのか、小型の魔獣たちが興味津々と様子をうかがっている。

こちらもまた、テンや羽根兎たちのように、ノエルに惹《ひ》きつけられて集まってきたのだろう。淫獣と目的は違うのだろうが、ノエルに襲いかかる隙《すき》をうかがっていることに違いはない。

するとそこへ、ハイエナがやってきて、淫獣の隙をついて、ノエルに飛びかかった。逃げもせずハイエナの好きにさせて、押し倒されるとは何事だ！

舌舐めずりをする下品な音と、『うまそうだ』と頭に響く声。ちゃんと喋《しゃべ》ることもできない下級魔獣ごときが、ノエルを食らおうとはいい度胸だ。

すでにキレかかったクライドの眼下で、ノエルはハイエナに腕を伸ばし、挑発するようにエメラルドの瞳を細めた。ハイエナの肩越しに、クライドの姿を認めたのだ。

ぷつり…と、クライドのこめかみあたりで成大にキレる音がした。

一閃の雷光に焼かれて、淫獣の群れが塵と消える。逃げようとしたハイエナは炎に焼かれて、やはり塵と消えた。

物陰から様子をうかがっていた小型魔獣たちが慌てふためいて森の奥へと消えていく。

銀色の怒りオーラを大放出して降り立ったクライドの姿を目にするや、ノエルは黒猫姿に変化して、一目散に逃げ出した。

いかに気が大きくなっているノエルといえども、本気の怒りを宿した上級悪魔に対する本能的な恐れは残っている。考えるより先に身体が反応したのだろう。

人間界の猫と変わらぬサイズのノエルと、巨大な狼と化したクライド。

追いかけっこの決着など、あっという間につきそうなものなのに、無駄に魔力を発揮するノエルの逃げ足は尋常ではなかった。

淫獣に囲まれたときにこそ、この逃げ足を発揮しろと、あとで言い聞かさねば…と考えながら、クライドは黒猫を追う。

銀の森を飛び超え、闇の森も突き抜けて、黒曜石の小川のほとりまできたところで、クライドはノエルの痩身を大きな前肢でぺしゃり！　と下草の上に押さえ込んだ。

「鬼ごっこは終わりだ」

「ふみゃあ！」

反抗的な鳴き声に、クライドがスッと目を細める。

「言葉を話せ」

地を這う声が、あたりの空気までを震撼させた。

「ボクに興味ないんだろっ？　放せよっ」

怒りオーラを放散させる上級悪魔の迫力に声を震わせながらも懸命に睨み上げてくる。その胆力には感心するが、今クライドが見たいのはそんな反抗的な顔ではない。

「口の利き方も忘れたか」

だからきさまはペットだと言われるのだ！　と怒りの雷を落とす。

「みぎゃっ！」

軽く感電したかにノエルの黒毛が逆立って、それからくたり…と躯が下草にくずおれた。

だが、これでおとなしくなったかと思いきや、今夜のノエルは手ごわかった。

倒れたノエルの首根っこを咥えて連れ帰ろうと鼻先を近づけたところ、バリッと衝撃が走る。ノエルの小さな爪が、クライドの鼻先をひっかいたのだ。

たいして深い傷ではないが、血が滲む。

今度こそ、クライドの目に本気の怒りが宿った。

小さな猫の爪程度痛くも痒《かゆ》くもないのだが、そういう問題ではない。主従の力関係において、絶対的に許されないことだ。

「己が黒猫族の末席を汚していることを、よもや忘れたわけではあるまい」

マタタビに酔わされて、そのプライドまで捨て去ったかと、いまだ反抗的な態度を崩さない黒猫を睥睨する。

じりっと後ずさろうとする猫の首根っこを咥えて、今度こそ四肢の自由を奪った。全身から力の抜けたノエルは、それでもじたじたと懸命にもがきながら、「執事だなんて思ってないくせにっ」と文句を口にした。

「さきまは執事ではないからな」

冷たく吐き捨てて、銀の森の、いつもクライドが狩りのあとのまどろみに使っている開けた場所に連れ込み、放り捨てる。隙をついて逃げようとするのを、それこそ猫が狩りを楽しむがごとく、さらなる力でノエルを押さえ込んだ。

「みぎゃ」

おとなしく反省をすればすぐに許してやるものを、懸命にクライドの力を跳ね返そうとしている。

いったいノエルの能力はどこまで引き出されるのかと、爛々《らんらん》と輝くエメラルドの瞳を愉快さ半分感心半分見やりながら、クライドはますます力を強めた。

「ふ……ぐっ」

クライドの魔力の圧力に、上から押さえ込まれながらもノエルは四肢をふんばる。

しなやかな長い尾をぴんっと立て、艶やかな黒毛をエメラルドのオーラに包んで、大きな猫目を爛々と輝かせる。

美しいな……と、クライドは胸中で感嘆を零した。

本来の魔力に目覚めたとき、ノエルは真に美しい黒猫族に成長することだろう。その姿を彷彿《ほうふつ》とさせる。

絶対に口にはしないだろう感嘆は胸中に収めて、クライドは悪戯猫の始末を考える。

このまま鳥籠に封印してやろうか、猫の姿のままぬいぐるみに変えてやろうか、自分の胸元を飾るブローチにするのもよさそうだ。エメラルドの瞳に星型の銀毛を持つ美しい黒猫なら、貴族の胸元を飾る装飾品にうってつけのモチーフではないか。

いや、長い尾のシルエットを活《い》かして、ブレスレットにするのも悪くない。それなら狼に変化したときにも身につけていられる。

それがいい……と、銀狼が満足げに口角を上げる。クライドの表情から自身の身に降りかかる災厄を察したのか、ノエルの瞳にいくらかの怯えが走った。

いい表情だ……とご満悦なクライドの一方で、今のノエルにはクライドに反発する感情しかない。身の内からふつふつと沸くエネルギーの向け先が、クライド以外にないのだ。

それはある意味、無条件の甘えだが、なんせ向けた相手が悪かった。なにごとにも容赦のないクライドだ。情状酌量などしてくれるわけがない。結果、ノエルは精いっぱいの……いや、許容量以上の能力を暴走させて、クライドの魔力を跳ねのけようとする。

「みゃーっ！」

渾身《こんしん》のひと鳴き。

それすら可愛いものだとクライドは余裕の態度を崩さない。先に一太刀食らったのは、相手はノエルだと侮っていたためだ。これほどの能力を暴走させるとは考えていなかったため。

そうとわかれば手加減の必要などない。もちろん、クライドが本気になればノエルなど一瞬のうちに塵と化してしまうから、本気の本気ではないのだが、いつもの指先であしらうようなものとは違い、正面から受けて立ってやろうという気になった。

「さあ、どうする？」

巨大な狼に変化したクライドの前では、成猫に成長したノエルといえども小さなものだ。その小さな軀におおいかぶさるようにして、舌舐めずりをしながら、前肢でつついて転がしていたぶって挑発する。

エメラルドの瞳を悔しそうに眇める表情がたまらなく愉快だ。そして美しい。

うりうりと黒猫ノエルを実に愉快にいたぶりながら、銀狼クライドは目を細めてその姿を観察した。

だが、早々に檻に閉じ込めるか、封印を施してしまうべきだった。

クライドらしからぬ判断ミスは、ひとえにノエルの緑眼に魅入られていたためだが、公爵閣下にそれを認める気はさらさらない。

ノエルのエメラルドの瞳が一際輝きを増して、クライドの圧力をぐぐっと跳ねあげる。ほう…？

まだそんな力が残っていたのか…と、クライドが感心したタイミングだった。

ザーッ！　と、周辺の魔界植物たちが、急成長をはじめて、それに同調したかに、ノエルを包むエメラルドのオーラが大きくなる。

見慣れた魔界植物たちが、見たこともない姿に成長を遂げる。その隙間から、見覚えのない新種と思《おぼ》しき植物が芽を出し成長して実をつける。

瞬く間に様相を変えた銀の森がざわめいて、そこに棲まう魔獣たちが一斉に騒ぎはじめた。魔界植物のみならず、まさか魔獣たちまでも変化させたのではあるまいな。

クライドの目の前で、ノエルはフーッ！　と毛を逆立てている。

ここまでくるともう、マタタビの効果なのか、クライドの血に酔ったためなのか、クライドにもわからない。

クライドの血にノエルの魔力を増幅させる作用があるのは事実だが、亜種マタタビのあの実がどんな効果を持っていたのかは不明なままなのだ。

巨大化した魔界植物たちが、地中に這わせていた根を地上にあらわし、我先にと成長をつづける。森の開けた空間のはずが、クライドとノエルの周辺のみを残して密林へと姿を変える。

ひとまずノエルを咥えて退散するかと、クライドは身を起こした。

その眼前で、カッとエメラルドの閃光が弾ける。

「なに……!?」

いったい何が起こったのか……と、顔をしかめたクライドの視線の先、しゅううぅぅ…っと、エメラルドのオーラが終息した。

と同時に、ものすごいスピードで成長をつづけていた魔界植物たちが動きを止める。騒がしかった魔獣たちの雄叫びもぴたり…とやんだ。

「なんだ……？」

その理由はすぐに知れた。

どうしたのか？　と首を巡らせたクライドが視線を戻した先には、きゅうっと目をまわして転がる仔猫が一匹。

「……」

雄々しい銀狼の口許が、ひくり…と戦慄く。

エネルギーを放出しきってガス欠を起こし、完全に目をまわしている。しかも、以前よりさらにひとまわり小さくなっているような……。

思わず人間界の犬のようにお座り体勢で、地面に向かって「はー…」と深いため息を零すことしばし。クライドはズキズキと痛むこめかみを前肢で押さえ、その場にたそがれた。

「馬鹿猫が」

零れたのは、いつもの毒舌。

手はかかるわ、厄介だわ、捨て置きたいのになぜか捨てられないわ……。

なんで自分はこんなものを拾ってしまったのかと、ノエルと暮らすようになってから、何度自嘲《じちょう》したかしれない。

その、らしくないため息を今ひとたび零して、クライドはくたり…と横たわる仔猫を咥え、銀の月の浮かぶ藍色の空に跳躍した。

3

目が覚めたら、手がひとまわり小さくなっていた。

「えぇぇぇぇ〜〜〜っ！」

ノエルの悲鳴が館じゅうに轟いて、まずは木菟《ミミズク》姿のランバートがアーチ窓から飛び込んでくる。

「気がつきましたか、ノエルさん」

ぽんっ！　と弾ける音とともに老執事の姿に変化して、ランバートがノエルの顔色をうかがう。

跳ね起きたブランケットの上には、気遣うように見上げるテンと羽根兎が数羽。

「ボク……ボク……」

両手を見やって、それからベッドを飛びおり、鏡の前へ。

「やっぱり〜〜〜っ！」

なんで!?　どうしてっ!?　と、鏡の前で全身チェック。

耳もある。しっぽもある。でも、小さい。

「なんで小さくなってるの〜〜〜〜っ!?」

ひぃぃぃぃぃっ！　と悲鳴を上げるノエルの横で、ランバートは「まぁまぁ落ちついて」といつものほくほく顔。まったく慌てた様子がない。

だがノエルはそれどころではなかった。

ただでさえチビでチンクシャで役立たずなのに、さらに小さくなってしまったら、完全にただの子どもではないか。

「どうして〜〜〜っ」

へたり……と、床にくずおれる。

足も小さいし、身体はさらに貧弱だし、丸い顔の中央で、長い睫毛に縁取られたエメラルドの瞳ばかりが大きい。

いったい何があったのか、かすかに記憶にあるようなないような……。マタタビを食べてたらすっごく甘くて美味しくて、それからどうしたんだっけ？

「えぇぇぇ〜〜〜っ」

わかんない！　といまひとたび叫んだところで、天からの一喝。

「やかましいっ！」

クライドの怒りの咆哮《ほうこう》が館に響いて、ノエルはビクリッとしっぽの毛を逆立てた。

「みゃーっ」

咄嗟にブランケットのなかに逃げ込む。

ガクガクブルブル。

ブランケットからしっぽだけ出した恰好で、頭を抱えて震える。

なんだか怖い。とっても怖い。あんまりちゃんと覚えてないけど、なんだか自分はとんでもない失敗をやらかした気がする。

そうだ！ 逃げなくちゃ！ イヴリンならきっと自分をかくまってくれる！

えいや！ と跳躍しようとして、ベッドの下に顔からぼとり…と落ちた。

「みゃみゃみゃみゃっ、痛ぁいっ」

うそ！ 飛べない!?

慌ててまたブランケットを頭からかぶって、まさしく頭隠して尻《しり》……いや、しっぽ隠さず。

そこへ吹き抜ける、一陣の旋毛風。

「何をわめいている」

怒気を孕《はら》んだ声とともにクライドがやってきて、ブランケットに頭を突っ込んだ恰好で震えるノエルに気づき、ひくり…と口許を引き攣《つ》らせた。

怒っていいのか笑っていいのか呆れていいのか……と、腕組みをして長嘆するしかない主の一方で、仔猫ノエルはもう必死だ。

「ごめんなさい〜〜〜っ」

とりあえず謝っておけとばかりに詫《わ》びると、クライドは眉《まゆ》をピクリと跳ねあげた。

「なにを謝る？」

「えっと……わかんないけど、とにかくごめんなさいっ」

うえぇぇぇんっ！　と、しっぽを丸める。

「理由もなく詫びるのか、きさまは」

そう言われても、なにかしなければ、こんな身体にはならない。

「だって、クライドさま、怒ってる〜〜っ」

自分がますます役立たずになってしまったから、断片的な記憶を繋《つな》ぎ合わせても自分がとんでもないことをやらかしたのは明白で、だからもう執事見習いとしてでもお仕えすることはかなわなくなってしまったに違いない。

「ごめんなさいっ、ごめんなさいっ、でもペットはイヤですぅ〜〜〜っ」

さらにガクガクブルブル。

そうまで怯えられると、さすがのクライドも面白くない。というか、公爵閣下は実は結構傷ついている。

クライドには、ノエルを可愛がっている気持ちしかないのだ。

手のかかる仔猫を、こんなに大切に世話してやっているのに、怯えるとはなにごとかと、主の立場として言いたくもなるというものだ。

そんな主の心情を酌みとれるのは長年仕える執事のランバートだけで、「捨てられるっ」と悲嘆にくれるノエルも、そのノエルを心配気に見やるテンにも羽根兎にも、理解できるものではない。

ノエルはといえば、いまだにブランケットに頭を突っ込んだ恰好のまま、クライドの顔を見る勇気も湧かない。

「ううう……っ」

えぐえぐと、悲嘆の涙に暮れるノエルのしっぽをむんずと摑んで、クライドはブランケットから引き出してしまう。

「いいかげん泣きやめ」

そう言われ、顔を伏せたまま「でも……」と言い淀む。クライドの片腕におさまってしまう身体は小さくて、何百年も時間を遡《さかのぼ》ってしまったかに思えた。

まだ執事修業をはじめる前くらいの子どもの黒猫族の姿だ。しかもなけなしの魔力まで失ってしまった。もうどうしていいかわからない。

「ごめんなさい……ごめんなさい……」

クライドの片腕に抱かれた恰好でぽろぽろと涙を零し、ノエルは小さな手で桃色の頬を擦った。

するとクライドは、ノエルを抱いたまま部屋から連れ出し、中庭へ。

ガーデンテーブルの上には、ノエルの大好物のドーナツが、天に届きそうなほどに山積みされていた。

「食え」

ノエルを膝にのせたまま言う。

「ドーナツ……」

幼いノエルのエメラルドの瞳が、ぱぁぁ…っと輝きを増した。

「ドーナツ!」

クライドに助けられて、はじめて食べさせてもらった人間界の甘いお菓子だ。クライドに救われたインプリンティングもあって、ノエルの大好物になった。

思わず飛びついて、両手にひとつずつ掴み、左右をぱくぱくぱくとほおばる。

「おいしい～っ!」

口のまわりを粉砂糖まみれにして、ドーナツをぱくつく。だが、途中ではたと気づいて、両手にドーナツを掴んだ恰好のまま、ようやくクライドを仰ぎ見た。

「ボク、ペットですか?」

うるるっとエメラルドの瞳を潤ませ、粉砂糖まみれになった手で、クライドの長衣の胸元に縋る。

「ペットですか!? ペットなんですか!?」

必死に懇願する子ども相手におとなげなく、クライドは短く応じた。

「ペットだ」

がぁぁ――んっ！ と、ノエルの頭上に稲妻が走る。

がっくりとうなだれて、ドーナツを食べる気力もなくし、ノエルは打ちひしがれた。

「食わんのか」

「……おなかいっぱいです」

まだ半分も減っていないぞ…とクライドは長嘆して、幼いノエルの頭を撫でる。

「なにがそれほど不服だ」

黒猫族にとって、貴族に執事として仕えることがかなわない己に価値を見出《みいだ》すことができるわけがないことくらい、クライドにわからないはずがないのに、そんなふうに言う。

わかっているのだ。

傍《そば》にあればよいと、そう言ってくれているのだということは。

でもノエルにも、黒猫族としてのプライドがあって、ペットだけはどうしても嫌なのだ。ペットだろうと執事見習いだろうと、どうせこの館におけるノエルの役目は変わらないではないかと言われても、でもやっぱり嫌なものは嫌なのだ。

「ボク、黒猫族なんです……」

クライドの銀眼が訝《いぶか》しげに細められる。

その目を間近に見やって、ノエルははっきりと言った。

「こんなんでもボク、黒猫族なんです！」

執事として貴族に仕えられなければ、存在する意味がない一族の出身なのだと訴える。

「黒猫族のすべてが、執事になるわけではあるまい」

上級悪魔に位置する貴族の数は圧倒的に少ないのだ。執事として仕えられる者のほうが一部ではないかと言われて、「でも……！」と懸命に返す。

「だったら、ボクはここにはいられません」

執事でもないのに、貴族の館になどいられない。執事になれない黒猫族は、一族のなかで一生を終えるのだから。

「クライドさまのお傍にいたいんです」

殊勝な懇願に、心動かされないほどクライドも無慈悲ではない。だが、自分が傍にいていいと言っているのになぜ納得しないのかと、不愉快さを覚えるのは、クライドが魔界のナンバーツーという高位にあるがゆえだった。

「出て行けと言った覚えはない」

傍近くにあることを許さんと言った覚えはないとクライドが眉根を寄せる。銀眼を間近に仰ぎ見て、ノエルはそうじゃないと食ってかかった。

「ちゃんとお仕えしたいんですっ」

何度もそう言ったのに、クライドには全然伝わらなくて、悲しくなってくる。クライドも逆の立場で同じことを言いたいのだが、とことん嚙《か》みあわないふたりだった。

「したいようにすればよい」

いいかげん面倒になって、クライドが吐き捨てる。

その口調の変化を鋭く感じ取って、ノエルが耳をぴくりと反応させた。魔力が消えても、クライドいわく無駄なところばかり鋭いノエルだった。

「……面倒なんですね」

恨めしげに呟いて、クライドを見上げる。

「もうボクのことなんて、面倒くさくなったんですねっ」

うるっと大きな瞳に涙を浮かべて、クライドの長衣を小さな手でぎゅっと握る。

「そんなことは言っておらん」

「言ってなくても思ってますよね」

普通は口にしないだろうことも、子どもは遠慮なく言うものだ。ノエルは拗ねた声でズバリと切り込む。我慢の限界を迎えたのはクライドのほうが早かった。

「いいかげんにしろっ！」

思わず怒鳴って、しかしノエルの大きな瞳から涙が零れ落ちそうになるのを見て長嘆をつく。

「う……うっ」

えぐえぐと、鼻水をたらしながらクライドの胸元に縋って泣く。

面倒になったくせにと言いながらも、クライドの膝からはどかない。そんなノエルを眉間に深い渓谷を刻みながら見下ろして、クライドは諦《あきら》めの長嘆とともに、ふるふると震える耳をそっと撫でた。

「いきなり縮んで、パニックに陥っているだけだ。落ちつけ」

「縮んだって言わないでください〜〜〜っ」

ほかにどんな言いようがあるのかと、クライドの銀眼が呆れを滲ませたものの、口にされることはなかった。さすがのクライドも、生まれたばかりと大差ないサイズの仔猫相手に無体を強いる気にはなれなかったのだ。

幼子姿のノエルを膝に抱いたクライドが、存外と愉快な気持ちでいることなど、ノエルに理解できるはずもなく、そのまま飽きるまで泣いて、泣きつかれてやがて眠ってしまった。

「やっとおとなしくなったか」

膝を抱えるような恰好でくーくーと眠る子どもの、口の周りについたままの粉砂糖を払ってやり、泣き濡れた頬を綺麗に拭《ぬぐ》ってやる。

「泣き疲れてしまわれましたか」

タイミングを見計らっていたのだろう、ティーセットを運んできたランバートが、ふたまわりも小さくなってしまったノエルを覗き込んで、なんとも微笑《ほほえ》ましい……と目を細める。

「愛らしいことですね」

老執事の呟きに、クライドは「可愛いだけですめばな」と返す。

ペットとして可愛がるだけで済むなら簡単な話だが、当人が執事にこだわるのだから、いかんともしがたい。

この姿のノエルを着飾らせて、膝にのせて日々の執務をとり行っても、クライドは充分に楽しいのだが、膝の上で泣かれてばかりでは、いかに泣き顔が愛らしいとはいってもさすがに飽きる。なによりうっとうしい。

「魔力を分け与えて差し上げるのではだめなので？」

実のところ、クライドの魔力をわけてやればすむことなのだ。それでノエルは元の姿に戻れる。だが問題がないわけではない。

「悪くはないが、この先ずっと、私の魔力なしでは生きていけなくなる」

「ご自分の魔力ではないわけですからね」

つまりは、自力で魔力を取り戻さなければ意味がない、ということだ。それにしたって解決策がないわけではないのだが、ノエルが悲嘆に暮れつづけている限りは無理だろうと思われた。

「あれだけの力を秘めているのだ。時間が解決するだろう」

「しかし……銀の森をあのように変えてしまうとは……大魔王さまはなんと？」

「沙汰《さた》はない。好きにしろということだろう」

大魔王に報告は上げてある。だが今のところノエルに対しての沙汰はなく、銀の森についても「適当に処理せよ」と言われただけだった。

「亜種マタタビのほうは？」

「あれは封印だ。これ以上ほかに種が飛び散って繁殖をはじめたら、黒猫族はおいそれと魔界を歩けなくなる」

「魔界を往来するたびアレに誘われていたのでは執事の仕事もままなりませんからね」

「まったくだ」

長嘆を零す主に香り高い紅茶を注ぎながら、ランバートがほっほと笑った。

「あのイヴリンさんですら餌食になるくらいですから……ですが、大魔王さまの封印が施されれば、今度こそ大丈夫でしょう」

アルヴィンの執事のイヴリンは、黒猫族一といわれるほど優秀な執事だ。そのイヴリンですら、亜種マタタビの誘惑には勝てなかった。ならば、ほかの黒猫族が餌食になっても不思議はない。普段のノエルなど抗いようもないだろう。

それに頷いて、クライドは自分のために丁寧に入れられた紅茶を味わう。魔界の花々で香りづけされた華やかな紅茶はクライドのお気に入りの逸品だ。

ランバートに不服があるわけではないし、この館を管理できるのはランバートだけだと思ってはいるが、傍らに立つのがノエルであれば、それはそれで僥倖《ぎょうこう》だ。

執事にさせたくないわけではないが、執事でなくてもいい。それだけのことが、この子どもにはなぜ理解できないのか。

「……ったく、解せん」

主の苦々しい呟きをランバートは微笑ましげに聞く。老執事にとってみれば、クライドもまた若造でしかない。

悪魔にはいくらでも時間がある。出ない答えが出るまで待ってもあまりある。

腕のなかで眠る子どもに今一度視線を落として、クライドはやわらかな黒髪を撫でる。耳の毛はビロードのような手触りで、なんとも撫で心地がいい。

クライドに喉を撫でられて、心地好かったのだろう、ノエルの長い尾が腕にするりと巻きついてくる。その甘える仕種に、クライドはほんのわずか、口許をゆるめてみせた。

ただでさえちんまりと縮んでしまって役立たずなのに、その上クライドに八つ当たりするように愚痴って甘えて、そのまま寝てしまうなんて……。

「もう、やだ～っ」

ベッドの上で膝を抱えてどっぷりと自己嫌悪。

大魔王さまに呼ばれたというクライドは、戻るまで一歩も部屋から出るなと厳しく言い置いていった。鬼の形相のクライドに言い含められれば、コクコクと頷くよりほかない。

ノエルの遊び相手に、というのだろう、ベッドの上にはいつものテンと羽根兎がいて、耳をぺしゃり…と伏せたノエルの両側で小首を傾げている。

「きゅい」

どうしたの？　というように、テンがするり…と首に巻きついてくる。羽根兎はノエルの膝によじ登って、ふんふんと鼻先を寄せる。

ふわふわの毛皮に癒されて、ノエルはようやく口許を綻《ほころ》ばせた。

「慰めてくれるんだね、ありがとう」

でも、失敗の繰り返しばかりで、今度はもうつくづく自分が嫌になったのだ。クライドは捨てないでいてくれるけれど、このまま元の姿に戻れなかったら、今度こそ檻籠行きだ。

「どうしたら元に戻れるのかなぁ？」

なにか知らない？　とテンに訊《き》いても応えてくれるわけもない。ひたすら可愛いだけが取り柄の羽根兎は、こういうときにはもっと役に立たない。でも可愛い。

「あーあ、もう一度修業しなおしたほうがいいのかなぁ……」

でもこんな姿で一族に戻ったりしたら、それこそ二度と外に出してもらえない気がする。

「一族の恥だって、また長老様に叱《しか》られちゃうかな……」

すんっと鼻を啜って、羽根兎の耳をいじくる。

なにか考えなくちゃ……。このままクライドの膝で撫でられるだけの一生なんて嫌だ。

クライドに甘やかされるのは嬉しいけれど、でもペット扱いだけは避けたい。自分だってランバートのように、クライドのためにお茶を入れたいし、美味しいと言って飲んでもらいたいのだ。

執事であろうがなかろうが、同じことができるのだということに、ノエルは気づけない。ノエルが固執しているのは、執事の肩書であり、黒燕尾《えんび》を来てクライドの傍らにあることと言い変えることもできるが、それはクライドの傍に一生あることが許された証に思えるからだ。

クライドに望まれるのはもちろん、魔界じゅうの悪魔に、もちろん大魔王さまにも、認めてもらいたいのだ。

そのためには、可愛がられるだけではダメで、どうしても執事として傍に仕えたい。だというのに失敗を繰り返した上、とうとうこんな姿になってしまった。

「もとに戻る方法……」

考えて、ノエルはテンを首から下げたまま、部屋を横切った。クライドの居室内は自由に行き来できる。

貴族の館の主の居室だけあって、クライドの部屋は広い。

ベッドルームにリビングルーム、執務室の奥には書庫。つづきの間を抜けると、以前クライドに放り込まれた広いバスルームがあって、もうもうと湯気を立てている。

ノエルが足を向けたのは書庫だった。

一歩足を踏み入れると、そこをねぐらにしている守宮《ヤモリ》が現れて、ノエルにあいさつをするかのようにチョロリと長い舌を出す。

魔力をなくしても、小型魔獣たちはノエルに懐いてくれる。もちろん言うことは聞いてくれないが。

大量の書物が天井まで埋まった書架には、魔界じゅうの知識という知識が詰まっている。いったいどこから探していいものかあてもつかない。

「うわぁ……」

呆然《ぼうぜん》と見上げることしばし、守宮は黙って好きにさせてくれるつもりのようだが、いつもクライドがしているように言いつけられた書物を探しに行ってはくれない。

この守宮がいなければ、クライドですら書架のどこにどんな書物が並んでいるのか、たぶんわからないだろう。頻繁に出し入れされていると思しき棚もあれば、長い間動かされていないだろうと思われる棚もある。

「ええっと……」

どうしたら……と考えて、一応チラリと守宮をうかがってみる。

「探してくれる気なんて……ないよね、やっぱり」

守宮がすいっと視線を逸《そ》らすのを見て、がっくりとうなだれた。

「魔力を取り戻す方法が知りたいんだけど……ええっと……医学書かな？　魔術書？　使役獣活用指南書……は、今度読もうかな。……えっと、あとは……」

高い書架には梯子《はしご》を使ってよじ登り、目ぼしい書物を探す。

「魔力が使えないと、こんなに大変だなんて……、うんしょ……っと」

自分程度の微々たる力でも、普段何気なく魔力を使って生活しているのだなぁ…なんて、改めて思い知る。まったく使えないと、梯子をよじ登るのも書架を移動するのも一苦労だ。しかも今はいつもより縮んでいる。

「上のほうのは……魔界樹の生態……人間界の歴史……冥府の渡り方……もうっ、ぜんっぜん統一性がないじゃん！」

ノエルの様子を見守る守宮に、「もっとわかりやすく管理してっ」と文句を言うと、守宮はふいっと顔を背けて書架をするすると上っていってしまう。

「あ！　待て……っ」

おいかけようと梯子を上って、でもいつもより縮んでいることを失念していた。梯子から、足を滑らせてしまったのだ。

「わ……ぁっ！」

慌てて近くの書架に捕まろうとして、失敗する。

「きゅいっ」

「ぴーっ」

テンと羽根兎が驚いて床を駆けまわる。その上に、ノエルは梯子と書架から崩れた書物ごと落ちた。

「わ……わわっ！　うわぁぁぁっ！」

「ぴゃーっ」

テンと羽根兎はささっと逃げ出し、守宮は書架の上の方で我関せず……だが、ノエルはおもいっきり尻から落ちて、バサバサとふりそそぐ分厚い書物の餌食になる。

視界がかすむほど埃が舞い上がったが、書物に埋もれていたノエルは、かろうじてそれをかぶらずに済んだ。

「きゅいっ」

「ぴーっ」

テンと羽根兎が書物の山によじ登って、くるくると円を描いて走りながらノエルを呼ぶ。

「ぷはっ!」

書物の山からノエルはほうほうのていで這い出した。

「も~っ、死ぬかと思ったよ~っ」

安堵したテンと羽根兎がすりすりとすり寄ってくる。

「わわわっ、くすぐったいよっ、ちょっと…待……っ」

崩れはじめた書物の山のなかでもがいて、ノエルは一冊の書物を掴んだ。それを放り投げようとして、しかしはたと手を止める。

「魔力喪失……?」

手にした分厚い書物のタイトルを読んで首を傾げ、ついで目次をめくってサッと目をとおし、ノエルは見る見るエメラルドの瞳を瞠った。

「これだ！」

ガバッと身体を起こして、積み上がった書物の山のてっぺんで、手にした本のページをめくる。どうやら魔女の文献らしい。難解な悪魔語で、さまざまな魔女の処方が書かれている。魔力を失った悪魔が最後に縋る書、という意味での「魔力喪失」というタイトルのようだ。

「魔力の戻し方……魔力の戻し方……」

目次を頼りに何千ページもありそうな書物を捲《めく》って、それらしき項目を順番に読んでいく。

ズバリそのものの解決方法は書かれていない。こういう場合にはこんな方法があるといった遠回しな書き方で、そうした記述のなかから自分に必要な情報を集めていかなくてはならない。

それらひとつひとつを頭に叩《たた》き込んで、ノエルは情報を整理していく。そうしてようやく、特効薬というべき薬草の記述に行きあたった。

「満月の夜に採取した冥界山羊のミルクと銀砂の浜辺に打ち上げられる塩と毒ハリネズミの針千本と乾燥させた蜥蜴《トカゲ》のしっぽと……」

チラリと守宮をうかがって、「守宮のしっぽでもいいよね」とノエルが呟くと、ぎょっとした顔で守宮は固まった。

「それから……闇の森の奥深くに生える蔦蓬《つたよもぎ》？」

あまり聞かない植物の名だった。

「蔦蓬って、銀葉蓬《ぎんばよもぎ》とは違うの？」

銀葉蓬なら、館の周辺にいくらでも生えている。薬草茶にも薬にもなるから、黒猫族でなくてもある程度の階級に位置する悪魔なら、誰でも使い方を知っているし、日常的に摘んでいる薬草だ。背の低い雑草で、蔦性ではない。なのに書物には、蔦蓬とある。

「闇の森……」

銀の森も怖いけれど、闇の森はもっと恐ろしい。あまり深く立ち入らなければまだしも、書物には「闇の森の奥深くに生える蔦蓬」と書かれている。

「奥深く……」

どれくらい深い場所までいかないといけないのだろう。迷子にはならないだろうか。

でも、魔女の文献に書かれているくらいだから、嘘《うそ》ではないはずだ。しかもクライドの書庫にある本なのだから眉唾《まゆつば》なものではあるまい。

「冥界山羊のミルクと銀砂の海の塩と毒ハリネズミの針と蜥蜴のしっぽは大丈夫、なんとかなる。あとは蔦蓬だけ」

だったらもう、迷っている暇はない。

「ボク、闇の森に行ってくるよ」

首に巻きつくテンと膝の上の羽根兎に言って、ノエルはすっくと腰を上げた。手早く着替えて、クライドのデスクから紋章入りの短剣を持ちだす。魔力が使えない今、物理的な武器でもなければ森になんて入れない。

本を持っていきたいけれど、重いからあきらめた。

「いい子でお留守番しててね」

テンと羽根兎を残して、そっと部屋を出る。

ランバートに見つかったら言い訳できない。だからこっそりと抜け出さなくてはならない。

おいて来たのに、テンと羽根兎はノエルのあとをずっとついてくる。「ダメだよ」と小声で諭してもきかないどころか群れで集まってくる始末。言い聞かせるのは途中であきらめた。

歩いていくのは無理だ。

どうしようかと考えて、館の厩舎《きゅうしゃ》にいる魔界馬に手伝ってもらうことにした。漆黒の毛並みの美しい駿馬はクライド自慢の牝馬《ひんば》で、とても足が速いのだ。

馬なら、小型魔獣を使役できないノエルにものることができる。人や物をのせて走ることを生業とする生き物だからだ。

とはいえ今は、いつもよりふたまわりも縮んでいる。果たしてまたがることができるだろうか。

ランバートに見つからないように、身体を屈《かが》め、テンと羽根兎の群れに紛れて長い長い廊下を駆け抜ける。

パントリーで仕事をしていたランバートが、何かの気配を感じて「はて？」と首を巡らせたものの、テンと羽根兎の気配に紛れて、ノエルが見つかることはなかった。

館の裏手にある厩舎に辿《たど》りついて、クライド自慢の駿馬の前に立ったものの、これはだめだとあきらめて、つながれた馬のなかから一番小さい一頭を探す。そうでないと小さくなってしまった今の自分ではまたがれないと思ったのだ。

厩舎の奥に、まだ若い馬を見つけて、「のせてね」と声をかける。魔界馬はそもそも己の能力に見合った鞍《くら》と手綱を装備した姿で生まれてくるから、ノエルが準備する必要はない。

小柄ながら、立派な鞍を持った馬だった。もう少し成長すれば、きっと立派な駿馬に育つに違いない。

「えいっしょっ」

鞍によじ登るノエルを、テンと羽根兎たちが心配気に見守る。見ているのなら手伝ってくれればいいと思うのだが、小型魔獣にそれを期待するのは無理というものだ。

ノエルがやっとの思いで鞍によじ登ったあとで、テンがするすると馬に上ってノエルの前に陣取る。よじ登れない羽根兎はぴょんぴょんと跳ねて仲間の頭の上にのり、塔をつくって一番上の一匹が鞍に飛び移る。

「ダメだってばっ」

遊びに行くわけじゃないんだから！　と言い聞かせても無駄で、どうしようかと悩んだものの、心細いのもあって、一匹ずつならとあきらめた。

「闇の森へ行きたいんだ。頼んだよ」

手綱を引くと、馬は嘶《いなな》いて走りだす。

「わ……ぁっ！」

静かに！　ランバートに見つかっちゃう！　と慌てたときには、駿馬はあっという間に厩舎を飛び出して、魔界の土を蹴《け》っていた。

クライドが戻ったとき、部屋はもぬけの殻だった。

「あ…の、馬鹿猫が」

だからペットだというのだと吐き捨てる。

「申し訳ございません。わたくしの目が届きませんで」

腰を折るランバートを、「かまわん」と片手で制して、クライドは捜索にとりかかる。

書庫の扉が開いていて、守宮が主の帰りを待っていた。どこか申し訳なさそうな顔をしている。

その理由はすぐに知れた。書架が倒れて書物が床に散乱している。

「……ノエルか……」

頭痛を覚えるクライドの傍らで、ランバートが守宮に元通りにするようにと使役令を与える。守宮だけでは手が足りないから、テンも呼び寄せて手伝わせる。守宮もテンの群れも嬉々《きき》として働きはじめた。

そしてランバートがそれに気づく。

「一匹足りませんね」

ノエルと一緒なのではないかと言う。ノエルにいっとう懐いている群れのリーダーだ。室内を探しても、ノエルのために置いていったテンと羽根兎の姿はなかった。

書庫に戻ると、守宮が一冊の書物を咥えて待っている。クライドが受け取って手をかざすと、ページがパラパラとめくられて、ある場所で止まった。

「ノエルが読んでいたのだな？」

クライドの問いに、守宮は尾を一振りして応える。

「これは……」

記述されている内容に目を通して、ランバートが片眼鏡の奥の瞳を瞬いた。

「魔女の文献ですね」

「まさか、闇の森に入ったのか？」

魔力を失った状態で？　と、クライドが眉間の皺を深める。

「厩舎から馬が一頭消えています。魔界馬の足であれば、そう遠くはありません」

「馬なら魔力を失っていても乗れるか……」

まったく、どうしておとなしく待っていられないのかと吐き捨てる。こんなことなら、泣こうが喚《わめ》こうが檻に閉じ込めて出かけるべきだった。

「それだけ必死なのでございましょう」

クライドの傍にいたくて、執事になりたくて、懸命なのだと老執事は主をとりなす。「どうか叱《しか》らないであげてくださいませ」と言われて、クライドは苦虫を嚙み潰《つぶ》した。

馬鹿な子ほど可愛いとは言うが、なにごとも限度というものがある。自分にはまだまだランバートのように達観することはできそうもない。

「それで森の魔獣に食われていては意味がない」

書物を放り捨て、「出かけてくる」と言うや否や、クライドは藍色の空へと跳躍した。

闇の森は、その名のとおり真っ暗だった。満月に近い大きな月が藍色の空にぽかりと浮かんでいるというのに、なぜこんなに暗いのだろう。

途中で松明《たいまつ》の木を見つけて一枝拝借し、なんとか視界を得る。

「全然先が見えないや……」

「きゅい」

ノエルの呟きに反応するようにテンが小さく鳴く。さすがに闇の森の空気にあてられたのか、テンも羽根兎もおとなしく、ノエルに縋るようにくっついている。

その温かさが、かろうじてノエルを勇気づけていた。

「闇の森の奥深いところに蔦蓬は生えてるんだよね？　たくさんあるのかなぁ？」

文献には挿絵がなかった。だからどんな植物なのか、想像するしかない。きっと呼びかければ応えてくれると思うのだけれど……。

闇の森に棲む魔獣たちが、木陰からこちらをうかがっている。襲ってこないのは、一重に魔界馬の足が速すぎるのと、馬の頭絡《とうらく》につけられたライヒヴァインの紋章が威力を持っているためだ。

頭絡というのは面繋《おもがい》とも呼ばれる馬装のひとつで、手綱と繋がった馬具を言う。魔界馬の所属を示す紋章だけは、魔界馬が生まれたあとに額に取りつけられる。

貴族にしか持つことを許されない紋章には力があって、それはもちろん主の力を反映する。公爵位を持つライヒヴァインの紋章には、それに見合った力がある、ということだ。

あの紋章さえなければ…と、ノエルたちをうかがう魔獣たちが、舌舐めずりをする音が闇に響く。

怯えた羽根兎が、ノエルの胸に顔をうずめて震えている。

「だからついてきちゃダメって言ったでしょ」

「ぴーっ」

怯えて鳴く羽根兎をぎゅっと抱き、テンには首にしっかりと巻きついているように言い聞かせて、ノエルは手綱を握る。

果てしなくつづくかに思われる闇の森を、どれほど走りつづけたのか。時間の感覚さえ狂っているのか、ものの五分にも何時間にも感じられる。

「蔦蓬……どこに生えてるの？　応えて……っ」

魔力の消えた状態で呼びかけて、魔界植物たちが応えてくれるかは定かではない。それでもノエルは呼びつづける。

すると闇の森がふいに途切れて、月の光に青く輝く湖のほとりに出る。魔界馬が高く嘶いて、ようやく足を止めた。

湖は月の光を集めてできているようだった。闇の森にふりそそぐはずの月の光がすべてこの湖に集まっているために、闇の森には月の光が届かないのだ。

「闇の森の奥にこんな場所が……」

キラキラの輝く湖面に見惚れ、ノエルは感嘆を零す。周囲の気配を探るように耳を立て、ふんふんと鼻を鳴らした。

「ありそうな気がする！」

魔力を失った今、まったくのカンでしかないことを呟いて、ノエルは「えいしょっ」と馬の鞍を降りる。だが馬から離れて遠くにはいけない。木陰からうかがう魔獣たちが襲ってこられないのは、一重に馬の額に戴くライヒヴァインの紋章ゆえだからだ。

しかたなく、テンと羽根兎を鞍に座らせ、自分は手綱を引いて湖の周辺を散策する。

下草に隠れるように、はじめて見る魔界花たちが、小さくて可憐な花を咲かしていた。闇色に染まる木々に目を凝らせば、実は色とりどりの果実をつけていることに気づく。館の周辺で目にしたことのあるものもあれば、はじめて見るものもあった。

高く枝を伸ばす魔界樹のなかには、蔓性の植物を巻きつかせたものもある。ああいったなかのどれかが蔦蓬なのかもしれない。

「ええ…と……、蔦蓬がほしいんですけど……どこですか？」

応えてくれないだろうかと、わずかな期待を胸に湖のほとりから木立のほうへ足を向ける。

手綱は握っていたが、しかし貴族の紋章の威力が及ばない場所があることを、ノエルは失念していた。

いきなりズンッと地響きが轟いて、地面の下から何かが飛び出してくる。

「わ……ぁっ！」

なにごと!?　と目を瞠った先に見たのは、巨大な穴百足《ムカデ》だった。その名のとおり地中に穴を掘って暮らしている。百足といいながら、足は千本くらいあって、人間界の百足の何万倍も大きい。魔界の森になくてはならない耕し屋だが、雑食なのが大きな問題だった。

驚いた魔界馬が前肢を高く揚げ、「ヒヒンッ」と嘶く。その背でテンと羽根兎が震えている。

「わわ……わっ」

ふりそそぐ土埃から頭を庇《かば》った拍子に、ノエルは魔界馬の手綱から手を放してしまった。

穴百足が大きな口を開いてノエルを追いかけはじめる。どど……！　と、ものすごい地響きが轟く。

「ひ……っ！」

悲鳴を上げて一目散に逃げはじめたノエルは、松明も放りだし、闇の森の木立に、ひとりっきりで足を踏み入れてしまった。

「いやぁあぁぁぁ〜〜〜〜っ！」

必死に駆けても、人型では限界がある。しかも魔力が使えない。「えいっ」と変化しようとしてもやはりできなくて、ノエルはもはや半泣きだ。

「誰か助けて～～～っ！」

過去に何度もお目にかかった場面のような気がするが、この場で呼ぶ名などひとつしかない。

「クライドさま……っ、クライドさまぁ……っ！」

うえぇぇぇんっ！　と泣きながら必死の形相で駆けるノエルの頭上から、ぴしゃり！　と雷が走った。閃光に焼かれて、穴百足が一瞬のうちに塵と消える。同時に、雷の落ちた場所に闇の森を隅々まで照らすほどの火柱が上がった。

「いいかげんに学習しろ！」

聞き覚えのありすぎる声が、これ以上はないと思われるほどの怒気を孕んであたり一帯の空気を震わせる。

穴百足の隙を突こうと木立の陰からから様子をうかがっていた数々の魔獣たちが、真っ青になって逃げ出した。

ノエルも逃げたいけれど、腰が抜けてしまって逃げられない。

穴百足より怖い存在が降り立とうとしている。自分でその名を呼んでおきながら、いざとなったら失礼極まりないのも子どもの特性だ。

「あわわっ」

這って逃げようとしたら、目に見えぬ力によって、ぺしゃり！　と地面に押さえ込まれてしまった。

そこへ空から降り立つ、巨大な銀狼。

銀の瞳を怒りに燃やし、のっしのっしと下草を踏みしめて、ノエルの前に立つ。

「学習能力のない馬鹿猫が」

容赦のない罵倒《ばとう》がふりそそいで、ノエルはぺしゃりと耳を伏せた。

「……ごめんなさい」

ふいに身体が浮いて、いつもどおりクライドに咥えられたのかと思いきや、ノエルの首根っこを咥えていたのは鞍にテンと羽根兎をのせた魔界馬だった。

「無事だったんだ。よかったぁ」

ニッコリと笑みを向けると、その呑気な様子に、クライドが青筋を立てる。

「なにがよいものか！」

普段でも危険なのに、魔力の使えない状況で闇の森に入ったりして、魔獣たちに食ってくれと言っているようなものではないかとクライドの雷が落ちる。

「で、でも、この子のおかげで襲われなかったし……」

馬の額に戴く紋章のおかげで、穴百足以外には襲われなかったし……と言い訳を口にしようとすると、ピクリと耳を反応させた銀狼クライドが、ずずいっと鼻先を寄せてきた。

大きな口にひと呑みにされそうで、ノエルは震えあがる。鞍の上でテンと羽根兎も抱き合って震えている。魔界馬だけが平然と、主の前にノエルを突きだしていた。

「もう一度言ってみろ」

「……ええっと……」

襲われなかっただと？　と凄まれて、ノエルはもごもごと口を噤《つぐ》む。馬の口に咥えられてぶら下がった恰好で、銀狼クライドを上目遣いに見上げた。

クライドの銀眼がキラリと光って、魔界馬が一瞬にして消える。テンと羽根兎も一緒に。館の厩舎に戻されたのだ。

「わわ……っ」

地面に落ちる寸前、ノエルはクライドの大きな口に咥えられた。猫の姿でなくても、首を咥えられると黒猫族は弱い。四肢をくたんっと投げ出して、しゅうんっと耳を伏せ、しっぽを丸めて諾々と運ばれるよりなくなる。

「クライドさまぁ……」

甘ったれた声で呼んでも、「黙れ」と一喝されて終わり。

「う……わっ！」

クライドの口に咥えられた恰好のまま一気に魔界の空を跳躍して、ものの数駆けでノエルはライヒヴァインの館に連れ戻されていた。


館の主のために設《しつら》えられた豪奢《ごうしゃ》なチェアで頬杖をつくクライドの膝の上、ノエルはちょこんっとお座りをして、さきほどからずっと銀眼に睨み据えられていた。

「ごめんなさい」「もうしません」「捨てないで～」と、どれほど懇願してもクライドは言葉を返してくれず、あまつさえ館に戻ってからずっとこの調子。テンも羽根兎も取り上げられて、ノエルはしかたなく自分のしっぽの先をもじもじといじっているしかない。

するとクライドが「で？」と訊いた。

「……え？」

「蔦蓬は見つかったのか？」

そんなふうに訊かれて、反射的に「どうして……」と驚きを露わにしたものの、クライドになら館内で起こったことなどばれて当然かと思いなおす。

ノエルはふるっと首を横に振った。

見つける前に穴百足に襲われて、うやむやになってしまった。せっかく闇の森にまで出かけていったのに。

「そうか。それは残念だったな。私のいいつけを破ってまで森に入り込んだというのに。穴百足に追いかけられた甲斐《かい》もないというものだ」

意地悪い言葉をかけられて、ノエルのエメラルドの瞳が潤む。

その様子を愉快気にうかがいながら、クライドはひょいっと片手を閃《ひらめ》かせた。一瞬のうちに、その手には一本の草のようなものが握られていた。

「これ……？」

「蔦蓬だ」

「えぇ……っ!?」

ガバッとクライドの手に飛びつこうとしたノエルを魔力で軽くいなして、クライドはその一枝を部屋の片隅で延々と燃えつづける暖炉に放り込んでしまう。

「なんで……っ!?」

ノエルが追おうとしても、クライドに軽く制されてしまう。炎にくべられた蔦蓬は、一瞬にして灰となってしまった。

「ひどい……」

恨めしげにクライドを見上げて、ぽろぽろと涙を零す。

「これじゃあ、もうお傍にいられません」

ほろほろと泣きながら肩を震わせる。役立たずなのも問題だが、それでもがんばりようはあった。けれど、魔力を失ってしまったら、もう何もできない。

「ふ……う……っ」

泣きじゃくるノエルに、クライドが問う。

「魔力を取り戻したくて森に入ったのか？」

ノエルはコクコクと頷いた。

「この館にいたいか？」

今度は首がもげそうになるほどに、ぶんぶんと大きく頷く。そして、懸命に訴えた。

「クライドさまのお傍にいたいですぅ～」

小さな手でこしこしと涙を拭いながら、しゃくりあげながらも、これだけは言いきった。

「私とともにありたいと？」

「お傍にいさせてください」

うるるっとエメラルドの瞳を揺らしてクライドを見上げる。

「こんな姿だけど……もうお傍にいることしかできないけど、でもお傍にいさせてください」

恥を忍んで一族の元に戻るのが道理だけれど、でもやっぱりどうしてもノエルはクライドの傍にい

たい。暖炉の灰を集めたら、蔦蓬を再生できるかもしれない。そうしたら、次の満月には魔力を取り戻す薬がつくれるかもしれない。

「もとに戻りますからっ、できるかわからないけど、でも絶対に戻りますからっ」

ちゃんと執事見習いとして働けるようになるから、どうかペットとして籠で飼うのではなく、執事見習いとして館においてほしい。そしてできれば、これからもずっとクライドのベッドで一緒に眠りたい。ぎゅってしてほしい。

「そ、その……がんばります……から……」

執事見習いとしてはもちろんだが、ベッドのなかでも、以前と同じにできるように、この小さな身体でもがんばるからと、頬を染めて訴える。

クライドの銀眼が細められた。口許に、愉快気な笑みが刻まれる。

「ノエル」

「はい」

呼ばれて、ノエルはクライドの首にするり……と腕をまわした。そうして痩身をあずける。

クライドの手が頬を撫で、しっぽをいじる。

「……んっ」

深く口づけられて、ノエルは薄い肩を震わせた。拙《つたな》いながらも懸命に応えると、より深く合わされ、貪《むさぼ》られる。

そのときだった。

ノエルの身体がエメラルドのオーラに包まれて、小さかった手が、足が、見覚えのあるサイズにもどりはじめる。

「……え？」

クライドの腕にしっかりと抱かれた恰好で、ノエルは自身の両手をまじまじと見やった。

発光がおさまったところで、頭へ手をやり、しっぽを摑んで、大きさをたしかめる。いまだ猫耳しっぽの姿ではあったが、元のノエルに戻っていた。

「もど…た……？　ボク……戻れた⁉」

長い尾をぶんぶんと振って、喜びを表現する。

「クライドさま……っ」

クライドの首にぎゅむっと抱きついて、そして自らちゅっと口づけた。

「なんで？　どうしてですか？」

飛び上がらんばかりのノエルを膝の上であやしながら、クライドは「黒猫族だからな」と曖昧《あいまい》に返してきた。ノエルが首を傾げると、「おまえがそう望んだからだ」と、またまた理解不能な言葉を返される。

主に真に必要とされ、そして自身も心からこの場にありたいと願ったとき、黒猫族は生まれ持った以上の能力を発揮し、安定する。その特性ゆえの状況だと言われても、ノエルにはよくわからない。でもいい。元に戻れたのならそれだけでいい。

「よかったぁ！　ボク、がんばりますから！　ちゃんとお茶を淹《い》れられるようになるし、使役獣も扱えるようになります！　だから、ずっとずっとクライドさまのお傍にいさせてください！」

すりすりと頬をすり寄せるノエルを目を細めて見やって、クライドは「好きにしろと言っている」とそっけなく返す。

「はい！」

クライドの仕打ちにもめげず、ノエルはニッコリと微笑んだ。

「ではさっそく、さきほどの約束を守ってもらおうか」

「……？　約束？」

何か言ったっけ？　と小首を傾げると、クライドの眉間に実にわかりやすく渓谷が刻まれた。

「がんばると言った舌の根も乾かぬうちに忘れるのか！」

「ひゃあ！　ごめんなさい〜〜〜っ！」

ベッドに転がされて、あっという間に素っ裸にされる。

そのとき唐突に、亜種マタタビに酔わされていたときの記憶がはっきりと蘇《よみがえ》った。自分が何をしたのか、何を言ったのか、鮮明に映像つきで脳内再生される。

クライドを挑発しようとしたこと、そのクライドにやり込められて、ベッドの上で強要された恥ずかしいアレコレまで……。

「いやぁあぁぁぁ～～～っ！」

真っ赤になったノエルは、悲鳴を上げてブランケットにもぐり込む。頭を抱えて、「うそでしょうそでしょ」と呪文《じゅもん》のように唱えつづけた。

「なにをしている！」

クライドの雷が落ちても、「恥ずかしいです～」とブランケットを頭からかぶって出てこない。いや、出られない。

「ノエル……！」

一閃の雷光に焼かれて、ノエルのかぶっていたブランケットが塵と消えた。

クライドほどの悪魔が、なんてくだらないことに魔力を使っているのかと、悪友のヒースあたりが訊いたら呆れるだろうが、とうのクライドも大マジだった。

「ボク……ボク……、あんなことを～～～っ」

雄叫《おたけ》んで、ノエルはしっぽを丸め、頭を抱える。ノエルが何を悶えているのか察したクライドが怒りを引っ込め、かわりに深々と長嘆を吐き出した。

「そのうちあんなふうに成長できるかもしれんぞ」

そんなふうに言われて、ノエルは「本当ですか⁉」とクライドに飛びつく。けれどすぐに何か思い至った顔で「でも……」と言い淀んだ。

「クライドさまは？　ボク、成長したほうがいいですか？　それとも今のままのほうが……」

執事見習いのまま、という意味ではない。姿かたちの問題だ。

クライドは青年になったノエルと、今の自分と、どっちが好みだろうかと不安になって尋ねる。悪魔はある程度外見年齢をコントロールできるから、クライドの好みに合わせたいと思ったのだ。

するとクライドは、なぜだかちょっとバツが悪そうな顔をして、そっぽを向いてしまう。

「どうだかな」

つれなく返されて、ノエルはむくれた。「そりゃ、ボクなんてちんくしゃですけど……」としっぽの先をいじると、クライドの白い指がノエルの頬を摘まんで引っ張る。

「己を卑下する言葉を口にするのはやめよと、最初に申し渡したはずだ」

ノエルにこの場にあるようにと言ったのは自分だと、クライドがやさしく目を細める。

「はい」

素直に頷いて、ノエルは今一度キスをねだった。

もちろん、がんばると約束した言葉どおり、この夜ノエルは、アレコレ懸命にがんばった。恥ずかしかったけど、でも言われるままに、あんなこともこんなこともして、気づけば朝になっていた。

恥ずかしかったけど、でもクライドの腕に抱かれて湯につかれば、それだけで何もかもがどうでもよくなってしまう。

仔猫の姿にさせられ、頭のてっぺんからしっぽの先まで泡まみれにされて洗れても、やっぱり幸せなノエルだった。

4

クライドの数少ない友人である、ヒース・ノイエンドルフ侯爵がライヒヴァインの館を訪ねてきたのは、館がいつもの様子を取り戻してしばらく経ったころのことだった。

そのころには、大魔王さまによって封印の通達の出された亜種マタタビの噂《うわさ》もひと段落して、すでに悪魔たちの口に昇ることもほとんどなくなっていた。

悪魔同士の交流は、宴《うたげ》と呼ばれる場でなされるのは公のものだが、気の合う者同士、個人的な交友がないわけではない。

魔界のナンバースリーと言われるヒースとは、気が合うわけではないが、立場上のこともあって、何かと顔を合わせる機会が多いために、ちょくちょく互いの館を行き来する仲ではあった。

この日、大鷲《おおわし》に変化した姿でライヒヴァインの館に降り立ったヒースは、出迎えに出てきたランバートにお茶の催促をして、勝手知ったる状態で客間に足を向けた。主であるクライドが居室から出てきたときには、ヒースはすっかりくつろいで、ランバートの淹れたお茶に舌鼓を打っていた。

「きさまというやつは……」

「硬いことは言いっこなし。ランバートの淹れるお茶は本当に美味しいよ」

「貴様のところの執事も充分に優秀だろうが」

貴族の館には、それぞれに能力自慢の執事が仕えている。もちろんそのなかでも、ランバートが一番だとクライドは信じているが、他家の執事が低能だとも思わない。ランバートが特別に有能なだけのことだ。

「もちろん、うちの執事も優秀だけれどね、でも梟木菟族の重鎮にお茶を淹れてもらえるなんて、この館を訪ねでもしない限りは無理な話さ」

そう言いながら、クライドの執事であるはずのランバートを傍らにはべらせ、やはり執事というのはこうあるべきだ……などと、おべっかを使う。

「ランバートは私の執事だ。なにを企《たくら》んだところで無駄だぞ」

「わかってるよ。黒猫族じゃないんだから、梟木菟族は、自分で仕える主を選ぶっていうしね」

長年クライドに仕えているランバートをヘッドハンティングしようだなどと、そんな大それたことを考えているわけではないと、ヒースは笑い飛ばした。

「そうそう、黒猫族といえば……噂を聞いたかい？」

「噂？」

「そう、噂。銀の森に、妖艶な美しさを持つ黒猫族の青年が現れたって話。しかも主を持たないみたいで、魔獣たちを誘いまくってたって言うんだ」

クライドは、口に運んでいた紅茶を噴き出しかけて、かろうじてこらえた。

「ほほう……興味深い話だな」

口許を引き攣らせつつ、ヒースから情報収集を試みる。

「だろう？　執事として貴族に仕えるまで一族のなかで厳しく躾《しつ》けられる黒猫族が、主を持たないまま危険な森を徘徊《はいかい》するなんて……しかもフェロモン垂れ流しで魔獣を誘いまくってただなんて……ちょっとありえない話だろう？」

「考えられんな」

「まぁ、そうなんだけど、でもストイックに見せて、実は淫乱な性質だと言われる黒猫族だからね、まったくないとも言いきれない」

「……ほう？」

ティーカップを口に運びつつ、興味のないふりを決め込んだ。

「森の魔獣のなかには、あのフェロモンが忘れられないって、半ば中毒症状を起こしてるヤツもいるって話だ。まったく、罪つくりだね」

そう言って、ヒースはにやり…と口角を上げた。

――こいつ……。

遊んでいるな……と思いながらも、クライドは終始興味のないふりをしつづけた。

ランバートにお茶のおかわりを要求し、果てにはディナーの席にまで居座ったヒースをようやく追い返したときにはすでにずいぶんと遅い時間になっていて、クライドの我慢は限界寸前。

「なんとも妙な噂が広まったものですねぇ」と、ランバートが呑気に言うのを聞いて、ぷつり…とどこかで何かがキレた。

「えぇぇぇぇっ！　なんですか、これ！」

突然部屋に現れたクライドによって、首に鈴つきの首輪をはめられたノエルは、なんで？　どうして？　と目を白黒させる。

「クライドさまぁっ」

「きさまは、二度と屋敷から出られると思うな！」

例の一件以来、自分は何もしてないはずだと訴えても、「黙れ」と一喝される。

「そんなぁっ！」

ヒースの話を聞いて怒り爆発状態のクライドによってはめられたのは、普段は鳴らない鈴のついた豪奢な装飾の首輪だった。

喉元にライヒヴァインの紋章をいただき、鈴には人間界でいうところのGPSのような効果があって、ノエルが魔界のどこにいても、クライドにだけ鈴の音が聞こえる仕組みになっている。つまり、ノエルが逃げようが無茶《むちゃ》をしようが、確実に探し出せる、というわけだ。

今度森に入ろうものなら、ノエルは確実に淫魔の餌食にされる。淫魔だけではない。魔獣という魔獣が、ノエルの匂《にお》いに惹かれてやってくる。

首輪くらいつけておかなくては、クライドはおいそれと館を空けることもかなわなくなる。

「ペットはイヤですぅぅ〜」

ノエルが半泣きで訴えても、クライドは取り合わない。泣き顔もなかなか……などと思っていることは絶対に口には出さないけれど、首輪をはずしてと訴えるノエルの声は完全スルーで、執務にとりかかってしまう。

「クライドさまぁ」

「私の紋章入りだぞ。何が不服だ」

このクライド・ライヒヴァイン公爵のものである証を堂々と掲げて魔界を歩けるのに、なんの不服があるかと言われて、ノエルはわかっていない顔で小首を傾げ、長い睫毛を瞬《しばた》いた。

そんなふたりのやりとりを、ランバートがナイトキャップの準備をしながら、片眼鏡の奥の目を細めて、ほくほくと聞く。

館の塔のてっぺんでは、大鷲に姿を変えたヒースが一部始終を覗き見しながら、「楽しそうでいいなぁ」と、退屈の虫を疼《うず》かせていた。

その頭上を、居場所を奪われた斥候《せっこう》烏《カラス》が不服気な鳴き声を上げながら飛ぶ。

魔界は、いいのか悪いのか、今日も長閑だった。

ノエル奮闘記

くすぐったくて、目が覚めた。

「ん……まだ、もうちょっと……」

ブランケットを頭からかぶって二度寝を決め込もうとするノエルを、目覚ましの役目を与えられて張りきる羽根兎《はねうさぎ》が鼻先でくすぐっているのだ。

「きゅいきゅい」

ダメダメ、起きて！　と言わんばかりに羽根兎が枕元で飛び跳ねる。

ひたすら可愛《かわい》い以外になんの役にも立たないと言われる羽根兎だけれど、ほかに頼める相手もなく、試しにお願いしてみたら、「いいよ」と長い耳をぴんっと立てて応《こた》えてくれたのだ。

だからって、毎朝きっかり同じ時間に起こしてくれなくていいのに〜…と、ノエルはますます深くブランケットにもぐり込んだ。

クライドがいるうちはおとなしくしているのに、ノエルひとりになった途端、羽根兎たちは飛び跳ねる。目覚ましの役目を引き受けてくれたわけではなく、遊んで遊んでとねだっているだけかもしれない。

昨夜もクライドに散々無体を働かれて明け方まで寝かせてもらえなかったノエルは寝不足だ。とっても眠いのだけれど、でもいつまでもウダウダしていたら、ますます役立たずの烙印《らくいん》を押されてしまう。

「起きるよ……起きるってば……」

そこへゼブラ柄のテンが、頭にノエルの着替えを乗せてやってきた。ノエルの使役令を聞いてくれたわけではない。ランバートの計《はか》らいだ。

「きゅいきゅい」

ブランケットの隙間《すきま》から長い胴体をもぐり込ませてくる。

「……っ！　や……やっ、くすぐっ…た……っ」

昨夜クライドに剝《む》かれた恰好のまま、裸でブランケットにくるまっていたノエルは、テンにくすぐられてベッドから跳ね起きた。

「わ……ぁっ！」

勢い余ってベッドを転げ落ちてしまう。

「いったたた……」

したたかおでこをぶつけて涙目になる。

「もうっ」

文句を言い募ろうとしたその目の前に、ずいっとテンの白い顔。羽根兎がぴょんっと跳ねて肩にまとわりつく。

「おはよう」

観念して、ノエルはテンを首からぶら下げ、羽根兎を抱いて腰を上げた。テンが運んできた着替えに袖《そで》を通したところで、柱時計がぽーん！　と鳴る。

「わっ、もうこんな時間！」

大変！　と部屋を飛び出してパントリーへ。

今日もクライドさまのためにがんばらなくては！　と、気合いを入れて、時間短縮のためにパントリーへ跳躍しようとして、まずこの日ひとつめの失敗をした。

「わぁっ！」

「きゅいっ」

どんがらがっしゃーん！　と派手な騒音。

ランバートに命じられてて銀食器を磨いていたテンの群れが驚いて蟻《あり》の子を散らすようにいずこともなく姿を隠してしまう。崩れた銀食器の山に埋もれて、ノエルはぴょこっと長い尾を出した。昨夜クライドに猫耳しっぽ姿にされて、そのまま戻れないでいるのだ。

「ノエルさん？　大丈夫ですか？」

朝から元気ですね…と、テンたちに銀食器を片付けるよう命じながらランバートが微笑《ほほえ》む。

「……ごめんなさい。ボク……」

しゅん…と項垂《うなだ》れ、しっぽの先で床に「の」の字を書いたのも束《つか》の間《ま》、ノエルは思いついて、パッと顔を上げた。

「ボク、クライドさまに朝のお茶を淹《い》れます！」

目覚めの一杯ならすでにランバートが淹れているのだが、クライドはいつもお気に入りのティーセットを傍らに置いて仕事をしている。美味《おい》しいお茶が淹れられるようになれば、きっと喜んでもらえるはず！

「クライドさまのお気に入りのティーセットはどこですか？」

「そちらに……」

ランバートが示したのは、高い天井まで届くかにそびえる食器棚のかなり上のほう。手が届かないのは明白で、ノエルは首に巻きついているテンに、「とってきて」とお願いをする。ゼブラ模様のテンは、ふいっと顔を背けた。聞こえないふりをしているのだ。さっきまでランバートの命令で働いていたほかのテンたちは、姿を現さない。

「ねぇ、おねがい！　とってきて！」

ノエルの言葉に無反応を決め込んで、テンは首に巻きついた恰好のまま、寝心地のいい体勢で目を閉じてしまう。

「もう〜〜〜っ」

どうしてっ！　と、ひとしきり地団太を踏んで、ノエルは「えいっ」と魔法を使う。ランバートが片眼鏡の奥の目を「おやおや」と瞬《またた》いた。

結果など、言うまでもない。

ティーセットが食器棚から移動した……と思った次の瞬間には、床にまっさかさま！　破壊音が館じゅうに響き渡っていた。

びくぅっ！　と耳としっぽの毛を逆立てて、ノエルは咄嗟《とっさ》に頭を抱える。

次いで静寂。

恐る恐る顔を上げると、片眼鏡の奥の目を見開いたランバートと、くりくりの目をパチクリさせるテンと羽根兎の顔が見えた。

だが、クライドの雷は落ちてこない。絶対に聞こえたと思うのだけれど……。

「クライドさまでしたらアルヴィンさまのお館にお出かけです。すぐにお戻りになられますから、その前に片付けてしまいましょう」

ランバートの言葉に、ホーッと安堵《あんど》の息をつく。クライドにまた呆《あき》れられてしまう……と、怯《おび》えていたのだ。

ランバートに命じられて、どこかに姿を隠していたテンたちが姿を現し、あっという間に破片をかたづけてしまう。ノエルの使役令には、まったく耳を傾けてくれないというのに。

「ごめんなさい……」

大切なティーセットを壊してしまって……と、肩を落として詫《わ》びる。ランバートは「お気になさらず」と目を細めた。

「ライヒヴァイン家に伝わる一万年ものの骨董ですが、陶磁器などいつかは壊れるものです。ティーセットの時間を止めておかなかった私の落ち度ですよ」

ランバートの、慰めているのか突き落としているのかよくわからない説明に、ノエルはたらり…と冷や汗をたらした。もしかしたらあのティーセットは、クライドではなくランバートのお気に入りだったのかもしれない。

「え、えっと……お部屋に飾るお花を摘《つ》んできますっ！」

逃げるように庭に飛び出して、美しく咲き誇る紫紺薔薇《しこんばら》や行燈百合《あんどんゆり》の間を駆け抜ける。せめて珍しい花の一輪でも摘んでこようと、ノエルは館の広大な敷地を見やった。

ランバートが毎日手入れしている紫紺薔薇や行燈百合ではなく、珍しい山野草のほうがいい。花を摘んで帰るくらいのことなら、自分にも簡単にできるはずだ。

「こっち……かな」

なにかに呼ばれた気がして、ノエルは敷地を横切る。冥界山羊《めいかいやぎ》の群れが草を食《は》む丘を越えて、しばらく歩くと、ノエルが見たことのない小花の咲き乱れる原っぱに遭遇《そうぐう》した。

「わー、こんな場所があったなんて！」

きれーい！　かわいいー！　と歓声を上げて、ノエルは薄桃色の可憐《かれん》な花を摘みまくる。摘んでも摘んでも、ぽっぽっと音を立てて蕾が開くから花が減ることは一向にない。

「いい香り！」

両手いっぱいに摘んで、ノエルは来た道を駆け戻った。

クライドが帰るまでに、この花をガラスの花瓶に生けて、クライドの執務室に飾ろう！　少しでもクライドの心が和むように。もしかしたら、クライドが褒《ほ》めてくれるかもしれない。

だが、満面の笑みで駆け戻ったノエルを目にしたランバートが、片眼鏡の奥の目を、これ以上は無理とばかりに見開いた。

「ノエルさん！」

危ない！　と、かけられた忠告にノエルが目を見開いた瞬間、抱えていた薄桃色の小花の束が邪悪色に染まる。

「う…わっ、なに、これ〜っ」

しゅるしゅるしゅるっと蔦《つた》が伸びて、その先端が天井につくまえに、ボッと炎に包まれた。

ランバートに命じられた、石窯《いしがま》を棲《す》み処《か》とする蜷局《とぐろ》サラマンダーが火を噴《ふ》いたのだ。役目を終えるとすぐに石窯の扉を閉じてしまう。

腕のなかで灰になった花束を呆然《ぼうぜん》と見つめるノエルに、ランバートが「大丈夫ですか？」と声をかけてきた。

「あの花は地獄トリカブトといって、猛毒を持っているのです。ノエルさんになにごともなくてようございました」

「……毒？」

ランバートの説明によれば、可憐な姿と甘い芳香と猛毒を持った蜜《みつ》とで魔界の生き物を呼び寄せ、同じく猛毒を持った蔓を伸ばして魔界生物の体液を吸うのだという。

「体液……」

思わず呟《つぶや》いて、ぞ――っと青褪《あおざ》める。

「どこで見つけたのですか？」

「丘の向こうの……」

「焼いておかなければいけませんね」

危険ですから……と、ランバートが使役獣に命令を与える。しばらくして斥候《せっこう》烏《カラス》が、毒花が焼き払われた旨、報告のためにアーチ窓に降り立った。

恐怖に固まっていたノエルの頬《ほお》を、羽根兎が慰めるように舐《な》める。その羽根兎をぎゅうっと抱いて呆然とするばかりのノエルに、ランバートはやさしく微笑みかけた。

「今日のおやつのケーキづくりを手伝ってくださいますか」

しゅうんっと耳を伏せてしまったノエルを、元気づけてくれようとする。その心遣いに、ノエルはようやく笑みを見せた。

「はい！」

今日のおやつはシフォンケーキ。人間界のお菓子を研究する、アルヴィンの執事のイヴリンから聞いたという、ふわふわのケーキだ。それを魔界の材料でつくる。

「極悪鳥の卵と黒蓮華《くろれんげ》の蜂蜜と……」

「まずは卵白を泡立てましょう。さあ、がんばって」

「はぁい！」

極悪鳥の大きな卵の、まずは卵白のみを泡だてる。力仕事など使役獣にやらせればいいのだが、ノエルは自分の手で懸命にホイッパーを動かした。

手も鼻の頭もメレンゲだらけにして、ようやく大きな卵の大量の卵白の泡立てを終える。残った黄身に蜂蜜を加えて混ぜると、途端に甘くていい香りが漂いはじめた。

「美味しそう！」

「ノエルさんががんばって泡立てたメレンゲをつかっているのですから、間違いなく美味しいはずですよ」

ノエルの大好物のドーナツのように、真ん中に穴のあいた独特の型に流し込んで、石窯に入れるだけ。あとは蜷局サラマンダーが火加減を調節してくれる。

まだかなまだかな…と、ノエルは石窯の前でシフォンケーキが焼き上がるのを待つ。

「ねぇねぇ、まだ？」

石窯の主である蜷局サラマンダーにうかがいを立てても、ランバートの使役令を実行中の魔獣はノエルの言葉など無視。それでも懲《こ》りることなく石窯の前で焼き上がりを待って、待って、待ちきれなくて、そしてまた蜷局サラマンダーに、「ねぇ、まだ？」と尋ねる。

そんなことを何度か繰り返したら、突然蜷局サラマンダーがキレた。こめかみにピキリッと青筋を立てて、ぼふっ！　と火を噴く。

石窯の扉が吹き飛んで、パントリーの一部が焼失した。

「ノエルさん!?」

驚いたランバートが飛んできて、耳のほんの先っぽの毛を数本焦げつかせた状態で尻もちをつくノエルを見て、ホッと安堵《あんど》の息をつく。

すっかり機嫌を損ねた蜷局サラマンダーは、石窯の奥に引っ込んで背を向けてしまった。

「……シフォンケーキ……」

楽しみに焼き上がりを待っていたシフォンケーキは、無残にも消し炭となって塵《ちり》と消えた。

「ううう……」

すっかり涙目になって、ノエルは先っぽの焼け焦げた耳もそのままに、パントリーの床にくずおれる。

「きゅいきゅいっ」

羽根兎たちがわらわらと集まってきて、そのうちの一匹が、ノエルの大きな瞳から零《こぼ》れ落ちるまえに、涙を舐め取った。首に巻きついてきたテンが、すりすりと頬をすり寄せてくる。慰めてくれているのだ。

「お菓子はまた焼けばいいことです。ですが、どうしたものでしょうねぇ……」

ランバートが、扉の閉まった石窯を見やって長嘆をつく。

「窯が使えないとなると、夕食のメニューは魔界魚の炭焼きかカルパッチョか……堕天牛《だてんぎゅう》のソーセージをメインに、というわけにはいきませんからねぇ……」

思案顔のランバートの横顔を見て、ノエルは涙を拭い、すっくと立ち上がった。

「ボク、お夕食のためのお魚さんを釣ってきます！」

待っててね！　と言うやいなや、猛ダッシュで館を飛び出して、裏の小川へ。テンと羽根兎もくっついてくる。

ランバートがそっと、「ノエルさんをお守りするのですよ」と、追いかけていったテンと上空を飛びまわる斥候鳥に使役令を与えていたことなど、当然ノエルの知るところではない。

水晶の小川は、川幅はそれほど広くないものの、その水面下には怪魚も棲む底なしの水の流れだ。川幅より大きな魔界魚を釣るにはコツがいる。けれど、黒猫族には裏技があった。長い尾をたらせばいいのだ。

普通なら、猫の姿に変化してから、自由自在に尾の長さを変えて、釣《つ》り竿《ざお》がわりに垂らすのだけれど、ノエルは今、クライドによって猫耳しっぽの中途半端な姿にされている。深く考えず、ちょうどよかったとばかりに、ノエルは小川に尾を垂らした。あとは魔界魚が食らいつくのを待つばかりだ。

けれど、気まぐれなのも魔獣の常、そう簡単に餌に食らいついてはくれない。

尾を揺らしながら待つうちに、わらわらと周囲を囲む羽根兎たちの温かさもあって、ノエルはすっかり寝入ってしまった。

半ば人型のままのノエルが発する旨《うま》そうな匂いに、魔獣が釣られないわけがない。

水晶の小川の水の流れの奥から、巨大な魔界魚が浮上して、舌舐めずりをする。そして、黒い尾にぱっくりと食らいついた。

「痛ーい！」

驚いて叫んだノエルの背後から、獲物をロックオンした魔界魚がザバァ…ッと姿を現す。水晶の小川から飛び跳ねた巨大魚が、大きな口を開けてノエルに向かって飛びかかってきた。

「ひぃいぃい……っ！」

羽根兎たちを身体の下に庇《かば》って頭を抱える。

旨そうな仔猫《こねこ》！　とばかりに飛びかかってきた魔界魚は、しかし、次の瞬間、天から落とされた雷光に焼かれて、ちょうど良い焦げ目の丸焼になった。それを銀の皿に乗せて、テンたちが館へと運んでいく。

ピッシャーン！　と、雷光の轟《とどろ》く音が、襲いかかる魔界魚の恐怖以上にノエルを震え上がらせる。

あわあわ…と、下生えの上を這《は》って逃げようとして、首根っこを摘み上げられた。

ぷらんっと四肢《しし》を投げ出したときには、仔猫の姿に変化していて、真っ青になって上目遣いに斜め上方を見やる。

サーッと蒼《あお》くなって、ノエルはしっぽを丸めた。

眉間《みけん》にくっきりと縦皺《たてじわ》を刻んだクライドが、ノエルの首根っこを摘み上げているのだ。

「ク、クライド…さま……」

冷ややかな銀の眼差《まなざ》しが、ノエルを震え上がらせる。

「ランバート秘蔵のティーセットを割ったそうだな」

やっぱりあれは、クライドではなく、ランバートのお気に入りの品だったのか。

「蜷局サラマンダーの機嫌を損ねて、今度はなんだ？」

貴様ごときに狡猾《こうかつ》な魔界魚が釣られるわけがなかろう！　と言いきられて、ノエルは大きな瞳を潤《うる》ませた。

「ご、ごめんなさい……」

伏せた耳を震わせる。

「ボク……ボク……クライドさまのお役に立ちたくて……」

なのに今日もまた失敗ばかり。

釣った魔界魚に食われかかったなんて話、聞いたことがない。

「……ったく」

クライドが、やれやれと長嘆を零す。そして、首根っこを摘まんでいたノエルの小さな躯を、胸に抱き上げた。耳の先が焦げていることに気づいて、指先でそっと治してくれる。

「怪我《けが》はないか？」

大きな手にやさしく撫でられて、ノエルはクライドの胸にひしっと縋《すが》った。

「はい！」

すりすりと額をすり寄せて甘える。指先にくすぐられて、ごろごろと喉《のど》を鳴らした。クライドにこうされると、ノエルはもう何も考えられなくなる。

「ならばよい」

帰るぞ、と長衣を翻《ひるがえ》す。その胸ですっかり陶然としていたノエルだったが、一瞬のうちに館に跳躍したクライドに、ぽんっとベッドに放り投げられて、目を丸くした。

見上げた先には、怒りのオーラをまとった長身。

「よほど仕置きが足りんらしい」

昨夜も、起きられないくらいにいたぶってやったはずなのに……と、クライドが銀眼をスッと細める。

「無駄に元気なやつだ」

端整な口許に浮かぶ嗜虐《しぎゃく》の色。

「……え？」

たらり……と、冷や汗が頬を伝う。脱兎のごとく逃げ出そうとして、ぺしゃり！　とベッドの上に潰された。

「いい度胸だ」

「ひぃいいい〜〜〜〜っ！」

いやぁあぁぁ〜〜〜っ！　と、ノエルの悲鳴が広い館に響き渡る。

パントリーでそれを聞いたランバートは、程良く狐色に焼き上がった魔界魚の皿に目を落とし、ひとまず時間を止めておくことにした。

「せっかくのノエルさんの釣果ですからね」

クライドさまに美味しく召し上がっていただかなくては、と老自執事が微笑む。実際に魔界魚を仕留めたのはクライドだが、ノエル自身が餌となって釣りあげたのだから、一応ノエルの釣果といっていいだろう。

「いやぁんっ、クライドさまぁっ」

ノエルの甘い声が響いて、羽根兎たちが長い耳を立て、テンが首を巡らせる。けれどすぐに興味を失った様子で、寝床に引っ込んで丸くなった。これからしばらく、ノエルが遊んでくれないことを、わかっているのだ。

「お幸せそうで何よりでございます」

明日はどんな驚きが待っているだろうかと、長い時間を生きてきた老執事は、可愛い仔猫のもたらす日々の騒動を、実は結構楽しんでいるのだった。

おいで
仔猫ちゃん
久しぶりに
顔を見せて
おくれ
びく
相手に
しなくていい
向こうへ
行ってい
こんな仏頂面
ばかりだと
気が滅入るだろう?
ランバート
こいつに二度と茶を
出さんでいいぞ
仰せのままに
おい
客人に
その言い方は
ないだろう
ゆるふわ…

ノエル!!
何処だ
あの馬鹿猫は！
おはよう
ございます
クライドさ…
ーー!!
ゴゴゴ
貴様の
仕業だろう
ひっ
ふわっふわ

だ
だって
言い訳する気か
いい度胸だ
クライドさまもヒースさまみたいにふわふわにしたらかっこいいなって思っ……
そんなに仕置きをされたいのか
…みっ
みゃあああああ
ランバート
朝食は後でいい
…かしこまりました

…ふふ
少しの物音でも起きていたお方が
髪を結われてもお目覚めにならないなんて
素敵なことですね
END

あとがき

こんにちは、妃川《ひめかわ》螢《ほたる》です。

拙作をお手にとっていただき、ありがとうございます。弟悪魔編にひきつづき、兄悪魔編をお届けします。

過去に遡っても、ここまでおバカな受けキャラを書いたのははじめてかも？　というくらい、ぽやぽやなドジっ子ノエルを、ときに楽しく、ときに公爵さまが乗り移ったかに苛めたい衝動に駆られつつ、書かせていただきました（笑）。

でもノエルは、ただのドジっ子ではありません。秘めた能力を持っています。それを活かせないでいるだけです。活かせない能力に意味があるのかないのかは私の関知するところではありません。公爵さまがこの先苦労なさるだけの話です（←え？）。ノエルの泣き顔も書いてて楽しいですが、公爵さまの困り顔も愉快だったりします。

そうそう、弟悪魔編のあとがきで、「口絵に謎の手が映り込んでいるかと思うのですが、これは次月発刊予定の兄悪魔編と並べていただくと謎が解明するという、よくあるアコギな商法となっておりますのでご了承ください（笑）」と書かせていただきましたが、今作と二冊並べてお楽しみいただけると嬉しいです。表紙じゃないので、なかなか難しいかもしれませんが……。

イラストを担当してくださいました、古澤《ふるさわ》エノ先生、お忙しいなか、ありがとうございました。

猫耳しっぽ姿がほぼデフォ扱いのノエルも、好々爺ランバートも熟年好みのヒースも、みんなお気に入りですが、私は何気にクライドさまの眉間の皺が好きです(笑)。漫画も可愛くて、癒されました。できればもっと長編を読んでみたいです。本当にありがとうございました。

ようやく動きはじめたキャラたちと、これでお別れなのが寂しいですが、今後のあれこれは皆さまの脳内でお好みのままに展開させていただけたら嬉しいです。

最後に告知関係を少々。

妃川の活動情報に関しては、ブログの案内をご覧ください。主にハードの問題でHPの更新が滞っているため、最近はブログのほうをメインに活用しています。

http://himekawa.sblo.jp/

皆さまのお声だけが創作の糧です。ご意見ご感想など、お気軽にお聞かせいただけると嬉しいです。

それでは、また。どこかでお会いできると嬉しいです。

二〇一三年六月末日　妃川　螢

初出

悪魔公爵と愛玩仔猫	2013年 リンクス2月号掲載
マタタビの誘惑ーノエル編ー	書き下ろし
ノエル奮闘記	書き下ろし

LYNX ROMANCE

悪魔《あくま》伯爵《はくしゃく》と黒猫《くろねこ》執事《しつじ》

妃川螢 illust. 古澤エノ

898円
(本体価格855円)

ここは、魔族が暮らす悪魔界。上級悪魔に執事として仕えることを生業とする黒猫族・イヴリンは、今日もご主人さまのお世話に明け暮れています。それは、ご主人さまのアルヴィンが、上級悪魔とは名ばかりの落ちこぼれ貴族で、とってもヘタれているからなのです。そんなある日、上級悪魔のくせに小さなコウモリにしか変身できないアルヴィンが倒れていた蛇蜥蜴族の青年を拾ってきて…。

LYNX ROMANCE

シンデレラの夢《ゆめ》

妃川螢 illust. 麻生海

898円
(本体価格855円)

祖母が他界し、天涯孤独の身となった大学生の桐島玲は亡き祖母の治療費や学費の捻出に四苦八苦していた。そんな折、受験を控えている家庭教師先の一家の旅行に同行して欲しいと頼まれる。高額なバイト代につられてリゾート地の海外に来た玲は、スウェーデン貴族の血を引く製薬会社の社長・カインと出会う。夢が新薬の開発で薬学部に通う玲は、彼の存在を知っていたが、そのことがカインの身辺を探っていると誤解され…。

LYNX ROMANCE

恋《こい》するカフェラテ花冠《はなかんむり》

妃川螢 illust. 霧壬ゆうや

898円
(本体価格855円)

アメリカ大富豪の御曹司・宙也は、稼業を兄の嵩也に丸投げし、母の故郷・日本を訪れた。ひと目で気に入ったメルヘン商店街でカフェを開いた宙也は、斜向かいの花屋のセンスに惹かれ、毎日花を届けてくれるように注文する。しかし、オーナーの志馬田薫は人気のフラワーアーチストで、時間が取れないとあえなく断られてしまう。仕方がなく宙也は花屋に日参し、薫のアレンジを買い求めるが、次第に薫本人の事が気になりだし…。

LYNX ROMANCE

恋《こい》するブーランジェ

妃川螢 illust. 霧壬ゆうや

898円
(本体価格855円)

メルヘン商店街でパン屋を営むブーランジェの未理は、美味しいパンを追求するため、アメリカに旅立つ。旅先のパン屋で出会ったのは、パンが好きだという男・嵩也。彼は町中の美味しい店を紹介しながらパン屋巡りにも付き合ってくれた。二人は次第に惹かれ合い、想いを交わすが、未理は日本へ帰らなければならなかった。すぐに追いかけると言ってくれた嵩也だったが、いつまで待っても未理のもとに、嵩也は現れず…。